Este amor veio pra ficar

sinal aberto

Este amor veio pra ficar

Álvaro Cardoso Gomes

Ilustrador: Maurício Veneza

editora ática

O texto ficcional desta obra é o mesmo das edições anteriores

Este amor veio pra ficar
© Álvaro Cardoso Gomes, 2004

Conforme a nova ortografia da língua portuguesa

DIRETOR EDITORIAL · Fernando Paixão
EDITORA · Gabriela Dias
EDITOR ASSISTENTE · Fabricio Waltrick
APOIO DE REDAÇÃO · Pólen Editorial e Kelly Mayumi Ishida
PREPARADORA · Maria da Anunciação Rodrigues
COORDENADORA DE REVISÃO · Ivany Picasso Batista
REVISORA · Bárbara Borges

ARTE
CAPA · Exata
PROJETO GRÁFICO · Tecnopop
EDIÇÃO · Cintia Maria da Silva
EDITORAÇÃO ELETRÔNICA · Estúdio O.L.M. e Exata

CIP-BRASIL. CATALOGAÇÃO NA FONTE
SINDICATO NACIONAL DOS EDITORES DE LIVROS · RJ

G612e
2.ed.

Gomes, Álvaro Cardoso, 1944-
Este amor veio pra ficar / Álvaro Cardoso Gomes ; ilustrações Maurício Veneza. – 2.ed. – São Paulo : Ática, 2006
184p. : il. - (Sinal Aberto)

Apêndice
Inclui bibliografia
Contém suplemento de leitura
ISBN 978-85-08-10668-4

1. Ficção infantojuvenil brasileira. 2. Educação sexual. I. Veneza, Maurício. II. Título. III. Série.

06-3037. CDD 028.5
CDU 087.5

ISBN 978 85 08 10668-4 (aluno)
ISBN 978 85 08 10669-1 (professor)

2025
2ª edição, 9ª impressão
Impressão e acabamento: Log&Print Gráfica, Dados Variáveis e Logística S.A.
OP: 286543

Av. Otaviano Alves de Lima, 4400 – CEP 02909-900 – São Paulo, SP
Atendimento ao cliente: 4003-3061
www.atica.com.br – www.atica.com.br/educacional – atendimento@atica.com.br

Emoções alucinantes

Depois de uma infância conturbada pela separação dos pais, Cristina chega à adolescência mais **equilibrada e segura**. Tem 15 anos, sua vida é confortável, além de ser uma das moças mais bonitas do colégio; suas amigas a admiram, seu namorado é cobiçado, mas ele é completamente **apaixonado** por ela.

A vida de Cris começa a mudar quando ela conhece Rodrigo — um homem sedutor com 38 anos de idade. Ao deixar-se levar pela atração e pelas artimanhas da sedução, a adolescente num instante se vê totalmente entregue a ele, mesmo após descobrir que Rodrigo é casado e pai de dois filhos.

No entanto, do auge da **felicidade** ao extremo da **angústia**, o caminho é muito curto. Logo ela desperta para a realidade e passa a questionar a relação. Ao decidir rompê-la, descobre-se **grávida**. Como encarar essa situação? O que seus pais vão dizer? O que vão falar na escola?

Não perca!

- *A paixão entre uma garota de 15 anos e um homem de 38.*
- *As angústias de uma adolescente vivendo uma situação-limite.*

Nessa história, Álvaro Cardoso Gomes aborda, de forma aberta e honesta, **temas polêmicos** como drogas, sexo e gravidez na adolescência. E você ainda poderá saber um pouco mais sobre o autor em uma entrevista exclusiva que está no fim deste livro.

Sumário

1 · Separação 11
2 · Tempos difíceis 14
3 · Deco 19
4 · Amadurecendo 23
5 · Alguém muito especial 25
6 · Uns olhos verdes 31
7 · Um telefonema muito especial 33
8 · O primeiro encontro 41
9 · Mentiras 46
10 · Uma noite inesquecível 51
11 · Preocupação 57
12 · Coração dividido 60
13 · Revelações importantes 62
14 · Chá de camomila 67
15 · De olho no telefone 71
16 · Encontro de amor 74
17 · Felicidade... 77
18 · Abrindo o coração 80
19 · Glória! 84
20 · Um dia de muitas surpresas 87
21 · As portas do paraíso 92
22 · Ressaca 95
23 · Remorso 98
24 · Prazeres da vida 100
25 · Rotina no amor 103
26 · Porto Seguro 108
27 · A viagem 111
28 · Dor no coração 114
29 · Pesadelo 117
30 · Lei de Murphy 120
31 · Frustração 123
32 · Nuvens negras no horizonte 126
33 · Uma questão de caráter 130
34 · E agora, Cristina? 136

35 · Conversando com mamãe 139
36 · Uma séria discussão 142
37 · Regina, sempre Regina 146
38 · Mais uma revelação surpreendente 149
39 · Umas férias e um retorno atribulado 153
40 · Anjos do mal & anjos do bem 156
41 · O cavaleiro andante 160
42 · Menino ou menina? 163
43 · Um encontro desagradável 166
44 · Este amor veio mesmo pra ficar? 171

Bate-papo com Álvaro Cardoso Gomes 175
Obras do autor 181

Para a Eliane, com o amor que veio pra ficar.
Para minhas meninas, Melissa, Maya & Beatriz.
Para minhas amigas, Alzira, Ana Lúcia, Denise,
Flávia, Karen, Leila, Senira, Teca & Zizi.

1
Separação

No dia em que papai me levou numa lanchonete e contou que ia se separar de mamãe, levei o maior choque.

— Se separar? — perguntei quase chorando. — Se separar por quê?

Ele estava todo sem jeito e nem tinha coragem de me olhar de frente. Por isso mesmo, disse gaguejando:

— Sabe, filha... às vezes, às vezes... a vida é meio ingrata com as pessoas... A gente pensa que...

Comecei a chorar e perguntei:

— Papai, por que você vai deixar a gente?

— Eu não vou deixar *você*. Estou me separando de sua mãe. Incompatibilidade de gênios.

E eu iria saber o que era "incompatibilidade de gênios"? Eu só queria entender por que estava perdendo meu pai, ainda mais depois que ele disse que estava se mudando provisoriamente pro Rio de Janeiro.

— Pro Rio, pai? — perguntei cheia de desespero na voz, como se ele tivesse dito que estava indo embora pra Europa.

— Mas a gente vai se ver sempre que der. Já combinei com sua mãe: semana sim, semana não, você toma um avião e fica comigo...

Avião? Eu não estava pensando em avião, eu não queria era perder meu pai. Eu não queria que ele fosse embora de casa sem mais nem essa.

— Pai, não deixa a gente...

Papai ficou emocionado, e seus olhos se encheram de lágrimas.

— Filhinha, meu amor — ele disse me abraçando. — Você vai ficar pra sempre no meu coração. Nunca vou te abandonar. Juro por tudo quanto é sagrado.

— Então, não vai embora, fica com a gente.

Ele começou a me dar uma explicação complicada que eu não conseguia entender direito:

— Infelizmente, na vida, às vezes acontece de pessoas que se amavam se darem conta de que não mais é possível viverem juntas.

— Pai, por favor...

No dia em que papai veio buscar as coisas pra ir embora, não quis vê-lo. Fiquei no quarto chorando, ele bateu na porta, chamou, chamou, mas não respondi. Já era tarde da noite quando foi a vez de mamãe me chamar pra comer alguma coisa. Abri a porta e reparei que ela estava com os olhos vermelhos. Abracei-a e choramos um tempão uma nos braços da outra.

Mamãe só dizia:

— O que foi que eu fiz de errado? O que eu fiz de errado?

E depois deixou escapar uma coisa que eu nunca mais esqueci:

— Me deixar por causa daquela sem-vergonha!

2
Tempos difíceis

Foi uma época muito difícil pra mamãe e pra mim. Eu não tinha ânimo pra nada, comecei a ir mal na escola e a engordar. Naquela época, se eu dissesse que era feliz, estaria mentindo. Pelo contrário, me sentia a pessoa mais infeliz do mundo. Papai tinha acabado de sair de casa, eu vivia brigando com mamãe e odiava a pessoa que eu era.

E como eu era? No fundo da gaveta da escrivaninha, há um retrato meu, que guardei não sei por quê, se odeio tanto a imagem que vejo. Guardei-o talvez pra lembrar tudo o que deixei pra trás. Nele, vejo uma garota tristonha, de bochechas cheias, barriguda e com pneus aparecendo numa blusa muito apertada.

Lembro-me que odiava qualquer tipo de exercício, as aulas de ginástica, e a única coisa que me dava prazer era comer, comer, comer. Uma barra de chocolate inteira, quase todo um pote de sorvete eram pouco pra mim. Sentia uma fome insaciável e estava sempre atacando a geladeira.

Mamãe, preocupada, me levou a um endocrinologista, tomei um monte de remédios, passei a fazer regime, prometia pra mim mesma me controlar, mas não conseguia. E talvez nem quisesse. Comer demais era pra mim uma fuga de meus problemas.

Com isso, vivia cheia de complexos, achando que ninguém gostava de mim. Pra piorar ainda mais as coisas, papai, que tinha prometido me ver um fim de semana sim, outro não, às vezes telefonava dizendo que não podia me ver por isso e por aquilo.

De início, sentia muita raiva, mas depois até achei bom não ir. Isso porque morria de vergonha quando me encontrava com ele. Era chegar no aeroporto do Galeão, de mãos dadas com a aeromoça, e papai me beijava, dizendo sempre a mesma coisa:

— E como é que vai a minha piquinininha?

Eu passei a odiar aquele "piquinininha"! Além disso, não ficava à vontade naquele apartamento desconhecido, e ele também parecia não saber o que fazer comigo. Ainda no começo me mostrou os pontos turísticos do Rio, o Corcovado, o Cristo Redentor, a praia de Ipanema.

— Lembra da música do Vinícius: "Olha que coisa mais linda, / mais cheia de graça"? Pois foi aqui que ele conheceu a garota e se inspirou pra fazer a letra.

Sempre me contando a mesma história, me mostrando os mesmos pontos turísticos. Será que era realmente meu pai quem estava falando comigo? Será que a distância em tão pouco tempo o tornava um estranho pra mim? Ele me perguntava da escola, da minha vida, e eu não sentia vontade de contar coisa alguma. Respondia de maus modos:

— Tudo bem, pai... Tenho estudado bastante...

Voltava pra São Paulo, e ainda tinha de aguentar a cara de mamãe. Parecia que estava de luto, que papai havia morrido, que a vida dela tinha acabado.

Mas não demorou muito, felizmente, as coisas entraram nos eixos. Mamãe arrumou um emprego, "uma porcaria de emprego", como ela costumava se queixar. Mesmo assim, era um lugar onde podia ganhar seu próprio dinheiro, o que era bom pra ela e,

como não poderia deixar de ser, também bom pra mim.

— Trabalho feito uma louca, meu salário mal dá pras despesas e, ainda por cima, a supervisora fica me ameaçando de demissão.

E assim, com um pouco mais de dinheiro em casa, mamãe pôde me pagar uma psicóloga. Acho que melhorei um pouco da cabeça, emagreci e, não demorou muito, parecia que ser filha de pais separados e pouco ver meu pai era a coisa mais normal do mundo.

Até que fiquei sabendo que papai tinha voltado pra São Paulo e arranjado uma namorada nova, uma tal de Maria Alice, que não fiz muita questão de conhecer. Também fiquei sabendo que ele estava em dificuldades financeiras. Isso porque escutei mamãe discutindo com ele pelo telefone:

— Não quero nem saber de suas dificuldades. Não vou permitir que diminua a pensão, que já é muito baixa. Pois venda o carro, seu apartamento. A escola da Cris subiu vinte por cento, e você ainda quer que eu ajude a pagar a mensalidade? Ora, tenha a santa paciência! Se você se dignasse, pelo menos, a se interessar por aquilo que sua filha faz...

Ia sobrar pra mim, pensei, e realmente sobrou. O dinheiro novamente ficou curto em casa. Em compensação, devo confessar que melhorei minha relação com papai. Acho que ele já não sentia remorsos por ter me deixado pra trás ainda tão pequena. Por isso mesmo, não vinha mais com aquelas explicações tão chatas que só me irritavam, dizendo coisas do tipo "embora distante, você está no meu coração", etc.

A gente saía de vez em quando pra comer um lanche, pra conversar. Nada de muito especial. Às vezes, até falava da namorada:

— A Maria Alice é legal, você vai ver. Está louca pra te conhecer.

Um dia, fiquei conhecendo a tal da Maria Alice. Ela até que era legal, mas tinha uma vozinha enjoada, como se falasse pelo nariz:

— Seu pai tinha mesmo razão, você é realmente linda... — ela dizia, me fazendo um elogio que parecia falso.

Ficamos os três ali com cara de tontos, papai tentando se fazer de engraçado, contando minhas travessuras quando eu tinha três anos:

— Aí, ela disse "papá, faiz bambalão com nenê"...

A Maria Alice ria como uma hiena. E eu ali morrendo de vergonha.

3
Deco

Quando terminei a oitava série, nossa vida mudou pra melhor. Mamãe foi promovida no emprego, seu salário aumentou, de maneira que mudamos pra um apartamento maior na rua Vilela. Por isso, tive também que mudar de colégio. E assim comecei a estudar no Agostiniano.

Na nova escola, conheci a Regina, que se tornou minha melhor amiga. Também fiz amizade com a Kátia. Uma figura, a Kátia: grande, forte, praticava musculação numa academia. Meio doidona, ela tinha o defeito de ser fofoqueira, mas, como fosse uma pessoa leal e muito divertida, logo de cara gostei dela.

Não demorou muito, éramos inseparáveis. Íamos juntas à escola, ao *shopping*, estudávamos juntas. Tínhamos quase a mesma opinião sobre roupas, filmes, garotos, músicas, etc.

Fiz amizade com quase todo mundo no Agostiniano. Os únicos colegas com quem não me dava eram a Valéria e sua turminha, formada pela Vânia e pelo Alê. Não por minha culpa. Como a Valéria se achasse a garota mais bonita do colégio, não gostou de competir comigo, embora eu não fizesse nada pra provocar isso. Com o passar do tempo, essa antipatia dela se transformou em puro ódio.

Sem falsa vaidade, com quase quinze anos, eu era muito bonita. Todo mundo dizia isso. Mas justiça seja feita: eu não era nada convencida. Isso porque, ao me lembrar do tempo em que me achava feia e me sentia muito infeliz, sabia que entre a felicidade e a infelicidade havia uma distância muito pequena.

E não era só porque me achavam bonita que iria me sentir a pessoa mais feliz do mundo. Felicidade é um estado de espírito muito especial, que depende de coisas que às vezes a gente não pode controlar e que se conquista com dificuldade.

Mas, voltando ao caso da Valéria, a antipatia por mim aumentou ainda mais quando o namorado dela, o Deco, começou a me olhar de um jeito diferente. No começo até pensei que fosse impressão minha, mas até a Regina e a Kátia repararam.

— O Deco não tira o olho de você, Cris — dizia a Kátia. — A Vânia disse que a Valéria uma hora dessas vai te pegar na rua. Ela que tente uma coisa dessa...

O Deco era uma graça... Mesmo assim, não ficava dando em cima dele. Eu podia ter todos os defeitos do mundo, mas nunca iria fazer isso com o namorado de uma colega.

E o Deco olhava pra mim de um jeito tão especial... Mesmo quando estava junto da Valéria. Eu fingia que não era comigo, que não tinha nada a ver com aquilo.

Já tinha uns meses que estava no Agostiniano quando, um dia, o Deco me esperou perto de casa. Passei por ele, fingindo que não o tinha visto. O Deco correu atrás de mim, me pegou pelo braço e disse:

— Queria falar com você.

— Falar o quê? — perguntei toda séria.

— Que estou a fim de você.

— A fim de mim? Você não está namorando a Valéria?

— Estava. Acabei com ela.

— Estava? Ainda hoje vi você conversando com ela no pátio...

— Não estava conversando. Estava discutindo com ela.

— Discutindo o quê?

— Sobre você. Ela estava dizendo que... Ah, deixa pra lá, isso não tem importância. O importante é que acabei com ela porque estou a fim de você.

Olhei o Deco bem de frente. Era a primeira vez que o encarava desse modo. O Deco era mesmo uma graça com aquelas sardas no rosto, com aquele sorriso tímido.

— Você está mesmo a fim de mim?

— Juro. Desde que vi você pela primeira vez.

Não quis dar a resposta ali na hora. Era coisa pra se pensar. E foi o que disse a ele:

— Está bem, Deco. Vou pensar.

Disse aquilo na maior tranquilidade, sem a intenção de ofender, pois eu realmente queria pensar.

À noite, estava em casa resolvendo uns problemas de matemática, mas com a cabeça no ar, porque volta e meia pensava no Deco. Nisso, tocou o telefone. Quando atendi, alguém do outro lado da linha começou a gritar e a me xingar:

— Sua imbecil! Pensa que pode ir roubando o namorado de outra? Sua galinha! Quem você acha que é? Pensa que pode ir chegando na escola e se metendo a besta? Você vai ver, sua nojenta. Você...

Era a Valéria. Escutei tudo aquilo sem dizer nada. Ela continuava a gritar e a xingar. Tranquilamente, pus o telefone no gancho, como se aquilo não fosse comigo. Depois, refleti um pouco sobre aquela confusão toda: eu gostava do Deco, mas nunca havia me passado pela cabeça tirá-lo da Valéria. E não foi ele quem veio falar comigo, dizendo que não estava mais a fim dela?

E assim, com a consciência tranquila, me decidi e comecei a namorar o Deco.

4
Amadurecendo

Depois, papai arranjou um emprego muito bom. Fiquei sabendo disso porque, um dia, quando veio me buscar, em vez do Golzinho todo enferrujado, apareceu com um Honda. Quando contei isso pra mamãe (ah, eu nunca devia ter contado!), ela correu pro telefone e já começou a brigar com ele:

— Pra trocar de carro, tudo bem, não é? Pois trate de atualizar a pensão alimentícia; do contrário, vou botar meu advogado em cima de você.

Eu escutava o desabafo de mamãe sem me estressar. Acho que tinha amadurecido um pouco. Não era mais aquela garotinha tonta que chorava à toa e que, contrariada, comia feito louca e depois ficava se odiando.

A vida era assim, cheia de altos e baixos. Por isso mesmo, era melhor eu ficar na minha. Não queria ficar amargurada que nem mamãe, que punha a culpa de tudo em papai. Cada um na sua.

Costumava brigar bastante com mamãe, porque ela vivia me fazendo um monte de perguntas chatas, do tipo: "Aonde você vai? A que horas vai chegar? Com quem vai sair?". Eu odiava dar explicações. Mas depois compreendi que mamãe tinha um pouco de razão e que era melhor mesmo entrar em acordo com ela. Se saía, sempre dizia aonde ia e procurava nunca chegar depois do horário combinado. Assim, mamãe ficava sossegada e não me enchia.

Mas às vezes era complicado sair, porque nem sempre mamãe tinha grana pra me dar. Eu acho que no fundo, no fundo mesmo, ela não sabia como mexer com dinheiro. Por não controlar direito o saldo no banco, entrava à toa no cheque especial.

A coisa mais chata era ficar escutando mamãe durante o almoço reclamando da vida, da falta de grana:

— Não sei o que acontece. Faço tanta economia, corto daqui, corto dali, e estou sempre no vermelho. Se seu pai...

Sentia vontade de dizer que, se ela se controlasse um pouco, se deixasse de comprar tanta roupa, se, de inveja de papai, não trocasse de carro, vendendo o Corsa e comprando também um Honda... Mas não dizia nada, porque sabia que ela ficava nervosa com isso.

E o problema nisso tudo, como eu disse, era de vez em quando tentar pedir dinheiro pra ela. Tinha então que escutar o papo de sempre, que eu já sabia de cor: que a pensão que papai dava era simplesmente ridícula, que as comissões que recebia na agência de seguros, com a crise, vinham diminuindo cada vez mais, que não sei quem na firma tinha passado a perna nela.

Mas o alvo preferido dela continuava sendo papai...

— Seu pai parece que esquece que a inflação aumentou... Que criar uma filha hoje em dia não está nada fácil...

5
Alguém muito especial

E, por falar em grana, teve um dia em que eu precisava arranjar uma, porque tinha combinado de ir no *shopping* com a Regina e a Kátia. Quando pedi pra mamãe, pra variar, ela balançou a cabeça e disse que estava dura:

— Sinto muito, Cris, mas já estou entrando no cheque especial. Se fosse no começo do mês...

Resolvi então pedir pro papai. Eu não gostava muito de fazer isso, sentia vergonha. Toda vez que eu pedia dinheiro, ele me dava sem me perguntar pra quê, ainda mais depois que apareceu com o Honda. Mesmo assim, não gostava de pedir, e só tinha pensado nisso porque estava doida pra comprar uma blusinha linda que tinha visto na M. Officer.

Como não consegui localizar papai por telefone, resolvi ir até o escritório dele logo depois do almoço. Batia um papinho rápido, pedia uma grana e, de lá, ia direto pro *shopping*.

Foi então que conheci o Rodrigo. Quem era o Rodrigo? Um cara muito especial. Tão especial que, depois que o conheci, minha vida mudou completamente.

* * *

Chegando no escritório de papai, a secretária me avisou que não sabia quando ele ia voltar do almoço. Sentei num sofá e fiquei esperando. Olhava toda hora pro relógio, porque tinha combinado encontrar com a Regina e a Kátia às duas e meia, na Praça Sílvio Romero.

Por fim, já impaciente, perguntei pra secretária:

— A senhora sabe se ele ainda demora pra chegar?

Ela balançou a cabeça:

— Ele foi ver um imóvel na Cantareira. Disse que talvez se atrasasse.

Eram quase duas horas quando papai chegou, todo apressado.

— Oi, Cris, você aí, minha querida? — ele disse me beijando e, depois, se dirigiu à secretária: — O Sousa por acaso telefonou, dona Daisy?

— Não, seu Evandro. Quem perguntou pelo senhor foi o seu Rodrigo.

— O Rodrigo?

— Sim, ele disse que depois vem procurar o senhor. É sobre a venda daquela casa no Morumbi.

— Ah, depois eu falo com ele.

Papai pegou uns envelopes na mesa da secretária, pôs a mão sobre meu ombro e disse:

— Vamos entrando, querida.

Ele parecia meio nervoso. Tanto é assim que, depois que tirou o paletó e me perguntou apressadamente como eu ia, sem escutar direito o que eu dizia, pegou o telefone e discou um número.

— Um instantinho só, meu amor.

Olhei o relógio. Quase duas e quinze. Será que a Regina e a Kátia iam ficar esperando? E ele não parava de falar:

— Não, está tudo errado... Tenha a santa paciência! Não foi esse o preço que combinamos. Você prometeu que a questão da comissão não era com a gente.

Ora, por que então está querendo mudar as condições agora?

Ele bateu o telefone e me perguntou:

— Então, como vão as coisas?

Quando ia responder, o interfone tocou.

— Um instantinho, querida — ele tornou a dizer.

Papai falou com a secretária daquele jeito apressado, nervoso:

— Como assim, dona Daisy? Eu quero esse contrato ainda hoje. Eles que tratem de aprontar até o fim da tarde! Não quero nada pra amanhã.

Papai desligou o interfone, tornou a pegar o telefone. Eu não tinha vindo mesmo num bom dia. Quando ele terminou a chamada e foi falar comigo, a porta se abriu, e alguém disse:

— Oi, Evandro, podemos falar um instantinho?

— Rodrigo! Vai entrando, que preciso discutir urgentemente um assunto com você.

Quando ele passou por mim e foi cumprimentar papai, quase levei um choque. Que homem mais lindo!

— Você conhece minha filha?

Ele voltou-se pra mim com um sorriso e disse:

— Olá, como vai?

Era alto e forte, tinha os olhos verdes, a pele bronzeada, os dentes muito brancos e bem alinhados, os cabelos com algumas mechas grisalhas. Ao vê-lo de frente, fiquei completamente paralisada. Eu já tinha visto garotos e homens bonitos, mas nenhum como aquele, que me lembrava não sei qual ator de cinema.

— Senta aí, Rodrigo — disse papai.

Ele pegou uma cadeira, sentou-se a meu lado, consultou alguns papéis, que tirou de uma pasta, e começou a falar:

— Precisamos conversar sobre a mansão do Morumbi, Evandro. Tem alguém querendo passar a gente pra trás.

— E eu já não sei disso? Ainda há pouco, tive uma séria discussão com aquele corretor, o Melo. Ele...

O interfone tocou novamente, papai atendeu:

— Está bem, dona Daisy. Diga ao doutor Macedo que dou uma passada na sala dele agora mesmo.

Ele voltou-se pro Rodrigo.

— Você me aguarda um instantinho? Vou falar com o doutor Macedo e já volto.

Ele saiu e me deixou sozinha com o Rodrigo. Eu devia estar toda vermelha, porque sentia meu rosto como se estivesse pegando fogo.

— Então, você é a filha do Evandro...

Como eu não dissesse nada, ele perguntou:

— Como você se chama?

— Cristina.

Levantei um pouco a cabeça e reparei que ele me examinava de alto a baixo. Naquele dia, usava uma minissaia bem curta, e isso fez que minha vergonha aumentasse ainda mais.

— Você está estudando?

Devo confessar que sou um pouco tímida, mas aquele homem me deixava *completamente* intimidada. De maneira que mal consegui responder:

— Sim...

— Que ano?

— Segundo...

O Rodrigo sorriu, sempre me olhando fixamente.

— Você sabe que... — ele começou a dizer, mas, nesse instante, papai entrou na sala.

— Puxa vida, o doutor Macedo nem esperou eu chegar e saiu levando o contrato.

Papai sentou-se, e o Rodrigo disse:

— Ele é assim mesmo. Sempre apressadinho. Depois, ainda se queixa que a gente não atingiu as metas. Mas deixa pra lá. Se a gente acertar com aquele cara do Morumbi...

O Rodrigo falava com a maior segurança, sempre sorrindo e gesticulando muito. Me deu uma vontade doida de ficar ali só escutando ele falar. Mas, como desconfiei de que eles precisavam conversar, disse toda sem graça:

— Bem, papai, eu vou indo... eu...

— Desculpa, querida, mas, como pode ver, hoje estou muito ocupado. Se for alguma coisa urgente... — disse papai, sem esperar que eu terminasse de falar e vindo ao meu encontro.

— Não, papai, não é urgente.

— Então, mais tarde, você me telefona e a gente conversa.

O Rodrigo se levantou pra se despedir. Quando ele se inclinou pra me beijar, reparei que usava um perfume maravilhoso.

Pra aumentar ainda mais meu embaraço, sem largar a minha mão, ele disse, voltando-se pro papai:

— Evandro, você está de parabéns! Quem diria que um cara tão feio como você poderia produzir uma gata tão linda como esta?

Papai começou a rir todo envaidecido.

— Pois é, Rodrigo, pois é.

Nem sei como consegui chegar até a porta, porque minhas pernas estavam bambas. Quando beijei papai, olhei na direção do Rodrigo e reparei que ele tinha os olhos fixos em mim e me sorria daquele jeito confiante.

6
Uns olhos verdes

Só na rua é que lembrei que tinha me esquecido de pedir a grana! Se tivesse feito isso, mesmo que fosse na saída do escritório, na certa papai teria me dado dinheiro.

Mas eu estava fora de mim, não raciocinava direito. Saí andando, sem me lembrar do encontro com a Regina e com a Kátia, do passeio no *shopping*, da blusinha maravilhosa da M. Officer.

Só tinha na cabeça aqueles olhos verdes, aquele sorriso cheio de confiança, aqueles cabelos com mechas grisalhas, aquela pele bronzeada. E, sobretudo, aquele perfume maravilhoso.

Ah, por que papai tinha voltado logo? O que o Rodrigo iria me dizer quando ele entrou na sala? Se papai tivesse demorado um pouquinho mais...

Cheguei em casa, corri pro quarto e fui me olhar no espelho. Sim, eu era bonita. Lembrava o jeito que o Rodrigo havia me olhado e ficava toda arrepiada, porque tinha certeza de que ele tinha gostado de mim.

Nos últimos tempos, havia crescido bastante. Meu corpo era benfeito. Sem vaidade nenhuma, reconhecia que tinha pernas muito bonitas. E, com certeza, ele havia reparado nelas!

Deitei de costas na cama e pensei: como seria ser beijada por ele? Sentir seus braços em torno do meu corpo e aqueles olhos lindos se aproximando?

Mas eu ficava pensando nessas coisas assim à toa. Lembrava de repente que estava namorando o Deco... Mas será que eu gostava mesmo dele? Era um garoto inteligente, eu me divertia a seu lado, a gente tinha quase a mesma opinião sobre a escola, os colegas, os filmes a que assistíamos. O Deco me telefonava quase todos os dias, era gostoso sair com ele. Mas, às vezes, eu o achava tão infantil... E também sentia que faltava alguma coisa no nosso namoro. O quê, eu não sabia.

E, como que dando uma resposta pras minhas dúvidas, sem que eu quisesse, vinham de novo aqueles olhos, me prometendo algo que eu não sabia definir o que era...

A segunda se foi, veio a terça — às vezes, ficava na aula, cismando, cismando, distraída, só pensando naqueles olhos verdes... E pensei tanto no Rodrigo que cheguei mesmo a sonhar uma noite com ele.

7

Um telefonema muito especial

Na quarta-feira, o telefone tocou. Atendi, mas, no primeiro momento, não identifiquei quem estava falando:

— Alô, é a Cristina?

— Sim...

— A garota mais linda da Zona Leste?

Será que era o Alê me gozando? O Alê tem dessas de ficar ligando pra gente só pra falar abobrinha. Coisa mais besta...

— Escuta aqui, eu...

— A garota mais linda de São Paulo?

Não, não. Definitivamente, não era a voz do Alê. Parecia voz de gente mais velha.

— Se você não disser logo quem é, eu desligo.

— Vamos ver se você adivinha.

Pensei seriamente em desligar, mas confesso que fiquei curiosa em saber quem estava falando.

— Ah, vê se não enche.

— Vamos lá, não precisa ficar brava. Adivinha quem está falando.

Eu sabia que não era o Alê, mesmo assim arrisquei:

— É o Alê...?

— Alê? Que Alê? É seu namorado?

Bati na tampa da mesinha: toc-toc-toc.

— Deus me livre! Eu, namorando o Alê? Está achando que sou louca?

— Não, não acho você louca. Acho você uma graça.

A coisa que mais odeio é gente querendo tirar uma de mim. Ainda mais por telefone.

— Escuta, cara, vai logo dizendo quem é você, senão eu desligo.

— Está bem, está bem, não precisa ficar brava. É o Rodrigo.

Meu coração começou a bater a mil. O Rodrigo?! Será que era mesmo o Rodrigo? Imediatamente me lembrei de uns olhos verdes, dos cabelos castanhos com mechas grisalhas, da pele bronzeada, de um sorriso todo especial.

— Rodrigo? Que Rodrigo? — fingi não lembrar quem era.

— Já se esqueceu de mim assim tão depressa?

— Ué, nem cheguei a conhecer você direito...

Na hora me arrependi, porque tinha dito besteira. Se havia acabado de dizer que não sabia quem era... Ele então começou a rir.

— Claro que você sabe quem sou.

— Está bem, está bem, você venceu. Mas como descobriu meu telefone?

— Descobrindo.

— Por que você está me telefonando?

— Bem, eu estou te telefonando porque te achei uma graça. Fazia tempo que eu não via uma garota como você.

Comecei a rir.

— Você deve dizer isso pra tudo quanto é garota.

— E você acha que vou perder meu tempo falando isso pra tudo quanto é garota?

— Sei lá...

— E, se quer saber a verdade, confesso que, na segunda-feira, quando te conheci no escritório do teu pai, mal pus os olhos em você...

— Ei, a gente nem se conheceu direito — interrompi-o. — Você...

— Tenho um sexto sentido, Cris... Posso chamar você de Cris?

Respondi com outra pergunta:

— Como você descobriu meu telefone?

Ele começou a rir:

— Outra vez a mesma pergunta? Olha, garota, se você quer saber, nestes três dias, descobri muita coisa sobre você. E coisas que você nem desconfia que eu sei.

— Por exemplo?

— Que tem quinze anos e vai fazer dezesseis agora em outubro... Que estuda no Agostiniano... Que mora na rua Vilela, aí no Tatuapé...

E ele completou de um jeito malicioso:

— Sei também... que tem um namoradinho com cara de tonto.

— O Deco é tudo menos tonto.

— Deco?!

— O Adilson — me apressei a explicar. — Ele é conhecido como Deco lá na escola.

— Então, o Deco é o felizardo?

— Como assim?

— Felizardo, por ter a sorte de estar namorando uma garota como você.

— Não somos namorados, somos apenas bons amigos — menti, sem bem saber por quê.

— Não parecia. Vi vocês de mãos dadas.

— Ué, que história é essa de ficar me espionando?

Ele ficou quieto por alguns segundos e depois continuou:

— Eu podia dizer uma mentira, inventar que estava passando por acaso por sua rua e vi vocês juntos. Mas não gosto de mentir. Realmente estava espionando você.

— Me espionando?! Me espionando pra quê?

— Depois te conto. Mas, antes, queria saber por que não está namorando o tal de...?

— ...Deco.

— ...sim, o tal de Deco, se estavam de mãos dadas e, depois, ele lhe deu um beijo?

— Qual é a sua? Além de espionar, ainda quer que eu fique dando explicações do que faço ou deixo de fazer?

— Desculpa, Cris. É só porque não posso entender o que uma garota como você está fazendo com esse tal de Deco...

Fiquei irritada com a insistência e tornei a mentir:

— Já te disse: somos apenas amigos.

— Ah, bom, apenas amigos... Quer dizer então que você está sem namorado?

— É... — menti mais uma vez.

— E por quê?

— E por que não?

— Uma gata como você?

Dei uma risada e disse:

— Suponhamos mesmo que eu seja uma gata — coisa que não acredito que eu seja —, o que tem a ver uma coisa com a outra?

— O que tem uma coisa a ver com a outra...? Deixa ver: bem, não é muito comum encontrar uma gata como você à solta sem um gato do lado.

Entrei também na brincadeira:

— Talvez porque não encontrei um gato do meu nível.

— Ah, gostei de ver! Valeu, garota. Porque, se quer saber a verdade, você merece mesmo um gato de primeira.

— E onde vou encontrar um gato de primeira?

— Se eu fosse convencido, diria que do outro lado desta linha.

— Então, você se acha mesmo um gato?

— Brincadeirinha, Cris. Sou só um coroa enxuto.

Aproveitei pra dar uma gozada nele:

— Ainda bem que reconhece isso. Que é um coroa...

— Obrigado pelo coroa.

— Ué, foi você que disse!

— Eu posso falar isso... — ele riu. — Já você, por ser mais nova, deveria ser mais educada, deveria dizer, com todo o respeito: "Você é um homem maduro".

Nunca tinha me divertido tanto ao telefone. Ah! Esse Rodrigo...

— Então, garota, falando sinceramente, o que você acha mesmo de mim?

— Acho como?

— Ora, não fica bem eu falar que sou um gato... Quanto a você...

— Você *quer* que eu diga que acho você um gato, não é? — dei o troco.

— Não disse isso.

— Não disse, mas insinuou, ou pensa que sou boba?

— Você é tudo menos boba, Cris. E, falando nisso, não respondeu ao que perguntei.

— O que você perguntou?

— Você sabe o que eu perguntei.

Fiquei quieta um instante, dei um suspiro e disse:

— Acho você mais ou menos.

— Mais ou menos?! Puxa vida! Que conceito você tem de mim, hein?

— Não tenho conceito nenhum. Mal te conheci, Rodrigo.

— Eu também mal te conheci e, no entanto, disse tanta coisa bacana sobre você...

— Só me chamou de gata...

— Quer maior elogio?

— Dispenso elogios.

— Pois eu não. Mas, pra minha tristeza, você já me chamou de velho, espião, mais ou menos. Não me disse nenhuma coisa boa até agora.

Senti vontade de perguntar se havia coisa melhor do que ter ficado ao telefone conversando com ele todo aquele tempo, dando-lhe a maior atenção, quando tinha tanta coisa pra fazer. Mas não disse isso, disse outra coisa, gozando dele:

— Está bem, está bem, você é GATÍSSIMO, uma maravilha de homem.

Ele deu uma gargalhada.

— Obrigado pela ironia.

— De nada, às ordens.

O Rodrigo ficou quieto, sem falar nada, mas eu podia escutar a respiração dele, e aquilo me deixou tão excitada que imediatamente senti meu rosto pegar fogo.

— Ei... — disse toda sem graça e me segurando pra não mostrar o que sentia. — Voltando ao que a gente estava falando, como você descobriu tudo isso de mim?

— Como descobri? Descobrindo, Cris. Quando quero alguma coisa, faço tudo que está a meu alcance pra conseguir.

Fingi não entender o que ele tinha dito.

— E você está a fim do quê?

— Bem, já que você não quer mesmo dizer o que já sabe, tenho eu que dizer com todas as letras: *estou a fim de você.*

Meu coração voltou a bater apressado.

— A fim de mim... A fim de mim por quê?

— Essa é uma pergunta que se faça? Estou a fim porque estou a fim.

Dei o troco:

— Essa é uma resposta que se dê? Está a fim porque está a fim... Você ainda não disse por que está a fim de mim.

— Você ganhou! Estou a fim de você... Sei lá, talvez, como já disse, quando te olhei lá no escritório do seu pai, vi que você era uma garota especial. E, como me conheço bem, sei que isso só acontece quando a pessoa irradia uma energia especial.

Fiquei quieta pensando no que o Rodrigo me dizia. Pra falar a verdade, ninguém nunca tinha me dito uma coisa daquele tipo, que me deixava fora de mim.

— Alô, alô, você ainda está aí? — ele perguntou.

— Claro que estou.

Sem que eu esperasse, ele disse:

— Queria ver você.

Voltei a ficar em silêncio, porque não sabia mesmo o que dizer.

— E você? Não quer me ver? — ele perguntou.

Eu tinha muita curiosidade de vê-lo, mas não foi isso que disse:

— Não sei...

— Pois eu sei o que eu quero. E eu quero ver você. Você tem alguma coisa pra fazer na sexta?

— À noite? — perguntei feito boba.

— Sim, à noite.

Lembrei que na sexta ia sair com o Deco.

— Na sexta, não posso.

— Bem, se você não pode sair na sexta, que tal hoje à noite?

Refleti um pouquinho se devia dizer sim ou não.

— Hoje à noite?

— É. Que tal? Passo em sua casa pra te pegar.

E, sem pensar mais no que devia ou não fazer, disse:

— Não precisa passar em casa. Espero você na esquina da minha rua, às sete e meia.

— Tá bem, até mais ver.

8
O primeiro encontro

Tinha marcado o encontro na esquina da minha rua porque não queria que mamãe me visse sair com o Rodrigo. Ela sabia que eu estava namorando o Deco. E como conhecia bem mamãe, com certeza ela iria meter o bedelho, querendo saber aonde eu ia. E se soubesse que eu iria sair com o Rodrigo... Nem pensar. Por isso mesmo, na hora de sair, disse pra ela que ia estudar na casa da Regina.

— Estudar agora de noite? Por que não estudou à tarde?

— Tenho prova de biologia amanhã.

Enquanto esperava na esquina, fiquei pensando se era certo o que estava fazendo. Mas depois pensei também que não iria fazer nada de mais. É bem verdade que tinha ficado impressionada com o Rodrigo, logo que o vi pela primeira vez, que tinha mesmo sonhado com ele e que o havia achado muito divertido ao telefone.

Com isso, me justificava, deixando de pensar no Deco. Dizia pra mim mesma que iria só me divertir um pouco com uma pessoa diferente.

Mas, dentro de mim, bem dentro de mim, algo me dizia que talvez eu esperasse algo mais...

O Rodrigo chegou numa Pajero preta, um pouco além do horário combinado. Em vez de terno e gravata, como estava vestido no escritório, vinha de *jeans* e com uma camiseta polo. Por isso, parecia ainda mais bonito. Quando se inclinou pra me beijar no rosto, senti de novo o perfume da Calvin Klein, que me deixou arrepiada.

— Desculpe fazê-la esperar, Cris. Tive uns contratempos no trabalho.

Entrei no carro, e ele perguntou:

— Tem algum lugar especial pra onde você gostaria de ir?

Dei de ombros. Ele pensou um pouco e disse:

— Tem um barzinho muito bom na Apucarana, onde a gente pode conversar sossegado.

No caminho, ele me perguntou sobre coisas de escola. Depois que respondi, ele disse:

— Sabe que, se não tivesse me dito que estava no colégio, eu pensaria que já estava na faculdade? Você parece ter bem mais do que quinze anos...

Fiquei contente em saber que parecia mais velha do que era... Detestaria se ele me visse com os mesmos olhos de papai, que continuava a usar ainda aquele detestável "piquinininha" toda vez que me encontrava...

Quando entramos no barzinho, fiquei olhando para os lados, pra ver se não havia algum conhecido que fosse contar na escola que eu estava ali com o Rodrigo. Eu não tinha o costume de ir naquele tipo de lugar. Quando saía com o Deco, geralmente a gente pegava um cinema e, depois, ia comer um lanche no McDonald's. Mesmo assim, tinha medo das fofoqueiras do colégio.

— O que foi? Aconteceu alguma coisa? — ele perguntou.

— Nada, não. Pensei que conhecia uma pessoa...

Pra falar a verdade, não me sentia nada à vontade e estava mesmo um pouco nervosa.

— O que vai querer, Cristina? — perguntou o Rodrigo.

Pensei um pouco e depois disse:

— Ah, qualquer coisa. Uma soda com uma rodela de limão e gelo.

— Pra mim, uma cerveja.

O garçom anotou, e o Rodrigo disse:

— E pra comer?

Estava com um pouco de fome, mas acabei mentindo:

— Jantei antes de sair de casa.

O Rodrigo deu de ombros.

— Como não jantei, vou pedir uma porção de pastéis...

Vieram a soda, a cerveja e a porção de pastéis. O Rodrigo ergueu o copo e fez um brinde:

— À garota mais linda do Tatuapé!

Ele então começou a falar, contando coisas da empresa em que trabalhava com papai, sobre as muitas viagens que fazia, tanto no Brasil quanto no exterior.

Embora aquele assunto pudesse ser chato, ele contava as coisas com tanta animação que elas ficavam interessantes. Mas o que achei mais divertido foi o que me contou das pessoas com quem trabalhava.

— Fora seu pai, que é um executivo de primeira, o resto... Deus do céu! Que gente mais burra!

E ele continuou a falar, e eu só ouvindo. O Rodrigo, além de bonito, me parecia muito inteligente. Falava com segurança, não só sobre os assuntos da empresa, mas também de outras coisas, que nunca pensei que fossem me interessar. Parecia que elas, na boca do Rodrigo, tinham um encanto todo especial.

Fora isso, o Rodrigo também era muito engraçado. Era bem divertido ver como se referia às pessoas que achava estúpidas. Ele franzia a cara, fazia um gesto com a mão e dizia:

— Esse sujeito tem o latifúndio da burrice!

De repente, ele parou de falar e disse:

— Puxa vida, só eu que falo, e você fica quietinha...

— Ah, não tenho muita coisa que contar... Prefiro escutar você falando...

O Rodrigo pediu mais uma cerveja e mais uma porção de pastéis. Sem lembrar que tinha dito que havia jantado, eu tinha avançado sobre os pasteizinhos, enquanto escutava ele falar.

E assim as horas passaram sem que eu percebesse, de tão divertido que estava o papo. Quando olhei o relógio e vi que já eram dez e meia, levei um susto e ameacei levantar.

— O que foi?

— Preciso ir — disse me levantando de vez, lembrando que, se chegasse tarde, lá vinha mamãe pra me dar bronca.

Foi a vez de ele olhar o relógio.

— É uma pena, mas sei que as garotinhas têm que dormir cedo...

— Seu chato — disse, caindo na risada.

Saímos do barzinho, e ele me levou pra casa. Eu me sentia muito feliz. Não tinha rolado nada entre a gente, mas mesmo assim me sentia feliz.

Chegando na frente do meu prédio, eu disse:

— Bom, então, vou indo...

O Rodrigo pegou na minha mão. Estremeci, e ele perguntou:

— Você tem mesmo alguma coisa pra fazer na sexta?

— Bem, eu...

— Vamos lá, Cris, eu queria te levar num lugar especial.

De repente, sem que eu esperasse, ele chegou mais perto de mim e me beijou. Retribuí o beijo e senti meu coração disparar.

— Então, a gente se vê na sexta? Estamos combinados? — ele perguntou, quando acabou de me beijar.

Sem pensar no que fazia, respondi rapidamente:

— Está bem. Te espero no mesmo lugar de hoje.

9
Mentiras

Na quinta pela manhã, comecei a ficar preocupada. É que na sexta eu costumava sair com o Deco. Que desculpas eu teria que inventar pra desmarcar o encontro?

No fim da tarde, pra piorar ainda mais as coisas, o Rodrigo me deu um rápido telefonema, pra dizer que a gente precisava mudar o horário do encontro.

— Te pego às oito e meia, está bem?

— Oito e meia?

— Desculpe, Cris, amanhã tenho que ir ao Rio, mas ainda chego a tempo de a gente sair.

Oito e meia! Era tarde pra sair. Quando eu saía com o Deco, como eu disse, a gente, depois de assistir a um filme, ia ao McDonald's ou a uma outra lanchonete qualquer. Um programinha careta. E assim chegava cedo em casa. No máximo às dez, dez e meia.

Deixei pra lá a questão do horário, depois pensava nisso. Antes, tinha que me entender com o Deco. Liguei pra ele e disse:

— Oi, Deco, acho que não vai dar pra gente sair amanhã.

— Ué, por quê?

Inventei a primeira história que me veio na cabeça:

— Mamãe quer que eu vá com ela visitar a tia Eunice, que está doente.

— Visitar sua tia? Vocês não podem ir outro dia?

Eu estava impaciente, sem muita vontade de dar explicações. Por isso mesmo, queria desligar logo o telefone.

— Sei lá, ela quer que a gente vá amanhã — disse, apressadamente.

— E por que você tem que ir junto?

Puxa vida! Ainda ter que explicar uma mentira...

— Deco, você não quer parar de encher? Se estou te...

— Puxa vida, Cris. Precisa ficar desse jeito? Estou te perguntando, porque, se quer saber a verdade, acho que essa história não cola. Se não está a fim de sair comigo...

— Quem disse que não quero sair com você? Tenho culpa se mamãe...

— Tá bom, tá bom, não precisa ficar explicando.

Senti um alívio muito grande quando desliguei o telefone e, ao mesmo tempo, um pouco de remorso. Coitado do Deco, ele não merecia que eu fizesse isso com ele. Mas, depois, comecei a me lembrar do Rodrigo, que iria sair com ele, e esqueci completamente o Deco.

Na sexta pela manhã, quando a gente se encontrou na escola, ele me beijou e ainda insistiu:

— Então, negativo hoje à noite?

Não disse nada, e ele:

— Você precisa mesmo visitar sua tia?

— Deco, você vai ficar enchendo de novo, é?

— Esquece — ele disse cheio de raiva e se afastando.

Na saída, temendo que o Deco insistisse em vir falar comigo ou tentasse me acompanhar até em casa, saí apressadamente. A Kátia, que como sempre estava com a Regina, ainda me viu e gritou de longe:

— Cris, espera a gente.

Fiz de conta que não tinha escutado e virei logo a esquina. Isso porque não conseguia pensar em mais nada. Não via a hora de chegar em casa. Não via a hora de começar a me arrumar pra ver o Rodrigo.

E as horas não passavam. Eu olhava a todo momento pro relógio. Tentei ler um livro, mas não consegui prestar atenção na história. Liguei a tevê e fiquei assistindo a um daqueles programas estúpidos da tarde.

Desliguei a tevê e procurei estudar um pouquinho de física. Abri o livro e li: "A Segunda Lei da Termodinâmica determina que a energia total envolvida num processo é sempre conservada. Pode mudar de forma do modo mais complicado, mas nenhuma porção dela se perde".

Como não tinha entendido nada, li o trecho de novo duas, três vezes. Desisti, dei um suspiro, pus o livro de lado e deitei de costas na cama. Minha cabeça girando a mil, com o pensamento todo voltado para aquele encontro. Onde será que a gente iria se encontrar? Será que ele iria se declarar? Com certeza, ainda mais depois de ter me beijado daquele jeito... E ele beijava tão gostoso...

* * *

Quando mamãe chegou do trabalho no fim da tarde, eu estava secando meu cabelo. Ela me beijou e disse:

— Vai sair com o Deco?

Fingi que não tinha escutado e continuei a secar o cabelo. Enquanto isso, ficava pensando que mentira devia inventar. Eu podia dizer simplesmente que iria ao cinema com o Deco, mas, como ele costumava passar em casa pra me pegar, não teria sentido eu sair sozinha. Resolvi então dizer que iria sair com a Kátia. Mas com que desculpa? Com a desculpa de que tinha brigado com o Deco.

— Você brigou com o Deco?! Por quê?

— Ah, sei lá. Ele fica me enchendo.

— E aonde você vai com a Kátia? Você sabe muito bem que eu não gosto que você fique andando com aquela menina. Não tem nem um pingo de juízo.

— Ih, mãe. Odeio quando você fica implicando com minhas amigas.

— Eu não fico implicando com suas amigas. Implico com essa tal de Kátia. Nunca vi garota mais petulante.

— Ih, mãe...

Mamãe perguntou com ironia:

— E posso ao menos saber aonde vocês vão?

— Numa festinha.

— Mocinha, dez e meia aqui em casa.

— Não pode ser às onze?

Ela olhou bem pra mim, sustentei o olhar, mas, depois, resolvi mudar de tática. Disse de um modo mais doce:

— Ah, vai, mãe... Tenho chegado sempre no horário.

— Está bem, às onze, nem um minuto a mais. E outra coisa: deixe o telefone da tal festinha. Qualquer coisa, e eu tenho pra onde ligar.

Fiquei gelada. E agora? Mas, já que tinha começado a mentir, não seria agora que iria parar. De outro jeito, não sairia com o Rodrigo. Por isso mesmo, disse o primeiro número que me veio à cabeça.

— Não se esqueça: onze horas — ela observou, anotando o telefone numa folha de papel.

Acabei de me aprontar e ia saindo, quando vi que mamãe estava se pintando no banheiro.

— Ué, você vai sair também? — perguntei.

— Vou.

— Com quem?

Mamãe parou de se pintar e disse, dando uma risada:

— Então, agora, eu é que tenho de dar explicações?

— Só estava querendo saber...

— Um amigo do escritório faz aniversário, e a gente vai festejar.

— Amigo, é? — disse com malícia.

— É um amigo e pronto.

— E precisava sair tão perua assim?

Mamãe se olhou no espelho, olhou pro vestido dela e disse:

— Não vejo por que perua...

Comecei a rir e, antes de sair, disse outra vez com malícia:

— Amigo, *muy* amigo...

10
Uma noite inesquecível

Oh, como eu estava nervosa enquanto esperava o Rodrigo na esquina de casa! E o pior de tudo é que ele se atrasou. Será que tinha esquecido o nosso encontro? De certo modo, até sentia um pouco de alívio, porque o remorso por ter enganado o Deco, de vez em quando, voltava a me atormentar.

Mas o Rodrigo veio. Chegou quase às nove horas. E eu estava tão aflita que nem o vi se aproximar de mim.

— Oi, Cris. Faz muito tempo que está esperando? — ele me pegou pelo braço.

Estremeci de susto, e o Rodrigo disse:

— Desculpe, se te assustei.

O Rodrigo se inclinou pra me beijar no rosto e senti novamente aquele perfume delicioso que ele usava.

— Meu carro está ali adiante. Estava difícil parar por aqui.

Comecei a andar e quase tropecei. Não fosse o Rodrigo me segurar pelo braço, eu teria caído. Me sentia fraca, toda sem graça, enquanto ele me pedia desculpas pela demora:

— Foi um transtorno. O avião se atrasou. Tive que brigar no aeroporto pra ver se achava um outro voo. Ainda por cima, o estacionamento do aeroporto estava congestionado e o trânsito, infernal. Vim voando...

Ao vê-lo dar todas aquelas explicações e sabendo tudo o que tinha feito pra não se atrasar, me senti muito feliz. Puxa vida! Ele então estava mesmo a fim de me ver!

Entramos no carro, e o Rodrigo deu a partida. Apesar de excitada com a presença dele ali a meu lado, não deixei de ficar preocupada com o horário. Bem que a gente podia ir a algum lugar do Tatuapé mesmo. Desse modo, às onze eu estaria de volta. Ia lhe dizer isso, quando vi que o carro tomava a direção da Radial.

— Aonde que a gente vai? — perguntei um pouco preocupada.

— Não disse que ia te levar a um lugar especial?

Com a mão direita, ele pegou minha mão e levou-a aos lábios. Fiquei toda arrepiada e imediatamente esqueci qualquer preocupação.

— Então, sentiu falta de mim?

Não disse nada. Em resposta, aproximei-me e encostei a cabeça no ombro dele. Ele virou o rosto e me beijou de leve.

Atravessamos rapidamente a cidade. Segurando a mão livre dele, a cabeça encostada em seu ombro, embriagada pelo seu perfume, parecia que estava vivendo um sonho do qual não queria acordar.

Depois de algum tempo, chegamos num bar que ficava na margem da Billings. Era escuro lá dentro, as mesas estavam iluminadas apenas com velas, e achei tudo aquilo muito romântico. Eu nunca tinha estado num lugar tão legal. Da represa, soprava uma brisa fresca de primavera. Sentamos e, quando o garçom veio, o Rodrigo disse:

— Pra mim um *scotch* duplo com gelo e pra ela uma soda com limão e gelo.

Quando vieram as bebidas, ele novamente ergueu um brinde:

— À mais linda garota do Tatuapé!

Depois, pegou minhas mãos, olhou bem pra mim e disse:

— Não sabe como esperava este momento. Você pensou um pouquinho em mim?

Apertei a mão dele e protestei:

— Claro que pensei!

Ele olhou fixamente pra mim, balançou a cabeça, sorriu e disse:

— Sabe que está maravilhosa?

Senti-me feliz com o elogio. Afinal, tinha passado quase todo o fim da tarde me produzindo, pois queria causar o melhor efeito possível nele. E só pelo seu sorriso, por seu ar de admiração, dava pra ver que tinha conseguido.

Na hora de pedir a comida, fiquei toda sem graça, porque não sabia o que escolher. Acho que ele percebeu isso. Muito delicado, foi explicando cada prato:

— Este daqui são tiras de filé *mignon* com creme de leite. Esta massa é uma espécie de macarrão muito fino, esta outra é um macarrão enroladinho. É deliciosa. O *conchiglioni*, recheado com ricota e nozes, também é muito gostoso. Mas você não vai querer engordar, não é? — ele brincou, para depois acrescentar: — Estou brincando, gata, teu corpinho está em cima.

— Você acha mesmo?

— Se acho... — ele disse, me fitando daquele jeito que me deixava toda confusa.

— Mas antes eu era gorda...

— Você? Não acredito!

Contei que dos nove aos doze anos mais ou menos eu parecia uma bola de tão gorda.

— Eu tinha muitos complexos. Me achava feia, sem graça...

— Pois, se quer saber, não posso acreditar nisso. Feia? Há muito tempo que não via uma garota que me chamasse tanto a atenção.

E ele concluiu, dizendo de um jeito malicioso:

— E olha que já conheci muitas garotas...

Senti um pouquinho de ciúme e não pude deixar de dizer:

— Conheceu muitas garotas, é...

Ele começou a rir:

— Conheci — ele disse, sublinhando bem a palavra "conheci". — Hoje, só conheço você e mais ninguém.

Senti novamente aquele calor em meu peito e apertei a mão dele.

Acabamos de comer, e o Rodrigo me convidou pra dançar. Pegando minha mão, me levou até o terraço que dava para a represa. A paisagem era fantástica. O disco prateado da lua, atravessando as nuvens, deixava um rastro luminoso na água.

Meu coração batendo a mil, encostei o corpo no dele. O Rodrigo me segurou pela cintura e começamos a dançar. Nem lembro qual música tocava, sei que era alguma coisa romântica. Foi então que, sem que eu esperasse, ele se inclinou em minha direção e me beijou na boca. Paramos de dançar, eu pus os dois braços em volta do pescoço do Rodrigo e ficamos algum tempo juntos, de lábios grudados.

A brisa da primavera tinha se transformado num vento agradável que desmanchava o meu cabelo, a música crescia, mas era como se não ouvisse nem sentisse nada além do calor do corpo dele, seu hálito perfumado, a doçura de seus lábios.

Voltamos abraçados pra mesa, sentamos muito juntos, ele me dizia ao ouvido que me amava. Eu estava confusa, sentia uma coisa totalmente nova, um nó na garganta, uma vontade de chorar sem razão. Como é que ele conseguia me provocar emoções assim tão estranhas?

Mas como tudo que é bom termina, as horas passaram rápido demais. Ah, como eu queria que aquela noite não acabasse, que a gente ficasse ali, sentados bem juntos, recebendo no rosto o sopro da primavera, vendo ao longe o rastro do luar nas águas da represa!

Mas de repente eu estava de novo no carro, aflita, porque eram onze e meia. E eu tinha prometido chegar às onze!

— Não se preocupe, que logo estamos no Tatuapé — ele procurava me acalmar.

Pisando forte no acelerador, saiu pela Robert Kennedy, desviando-se dos carros, às vezes passando por faróis vermelhos. Sentada junto dele, não sentia nenhum medo e pouco a pouco ia esquecendo minhas tolas preocupações com o horário.

11
Preocupação

O Rodrigo parou o carro em frente ao prédio. A noite tinha sido maravilhosa. Droga! Como eu gostaria de ficar mais tempo ali com ele, no carro, de mãos dadas e conversando! Ao mesmo tempo, voltava a ficar aflita, só pensando na bronca que certamente iria levar de mamãe.

— Então, Cris, quando a gente se vê novamente? — o Rodrigo disse me abraçando.

Em resposta, procurei os lábios dele e a gente se beijou demoradamente.

— É melhor você ir, amor. Sua mãe deve estar preocupada.

— Você me liga amanhã?

— Claro que eu te ligo.

— Você jura?

— E preciso jurar?

— Jura?

Ele me beijou na ponta do nariz, nos olhos.

— Claro, amor, eu juro.

— Você vai ficar pensando em mim hoje à noite?

Ele começou a rir daquele jeito gostoso que me deixava toda arrepiada.

— Não vou deixar de pensar em você um só minuto.

Abri a porta do carro, fiz tchau pra ele e saí correndo. Eu me sentia como a Gata Borralheira, ouvindo dentro de mim as badaladas do relógio. Mamãe iria ficar furiosa, pois era quase meia-noite. E o pior seria se ela tivesse ligado pro número falso de telefone.

Entrei toda aflita, mas mamãe não estava em casa. Foi aí que, aliviada, lembrei que ela tinha ido no tal do aniversário.

* * *

Depois de me trocar, deitei na cama e comecei a recordar os detalhes daquela noite inesquecível: o reflexo da lua nas águas da represa, a música romântica, o sabor delicioso da comida, o gosto dos lábios dele, as coisas que tinha me dito, o modo como havia me beijado...

Um pedacinho do luar passava por entre os prédios e vinha iluminar minha cama. E era como se a lua reavivasse em mim todas aquelas lembranças.

— Ah, Rodrigo! Eu te amo! Você é tudo o que mais quero! — disse baixinho.

Sentia sono, muito sono, mas não queria dormir porque sabia que, dormindo, deixaria de sentir as emoções tão fortes que estava sentindo. Mas, por outro lado, sabia também que, se dormisse, eu logo o veria de novo, ele me beijaria como na sexta à noite e me diria as mesmas palavras de amor.

Era como se minha vida tivesse começado somente naquele momento, como se tudo o que tinha feito até então não valesse mais nada.

Nunca, mas nunca mesmo, iria esquecer esta sexta, certamente o dia mais maravilhoso de toda a minha vida!

— Rodrigo! Rodrigo! Como eu te amo! — disse baixinho novamente.

Sim, te amo! Apesar de esse ter sido apenas nosso segundo encontro. Mas passei a acreditar que, às vezes, um encontro desses define tudo, vale por mais de mil encontros e, por isso mesmo, marca nossa vida pra sempre.

12
Coração dividido

Depois de sair mais umas duas vezes com o Rodrigo, descobri que estava apaixonada por ele. Uma paixão fulminante. Mas isso não impedia que continuasse a gostar do Deco. Eu gostava mesmo do Deco, me sentia muito bem do lado dele, mas...

Eu tinha então um problema pra resolver. Na verdade, um problemão.

O que eu podia fazer? Ficar com o Deco, mesmo sabendo que amava o Rodrigo? Eu gostava muito do Deco, mas não sentia por ele o que sentia pelo Rodrigo. Não queria magoar o Deco, mas sabia que iria magoá-lo e que ele não me perdoaria jamais.

Foi o que escrevi em meu diário:

Coração dividido.
Entre o amor e a paixão.
Entre a entrega total à paixão e ao remorso.
Então, fico me perguntando:
Por que as coisas não podem ser mais simples?
Por que viver é tão complicado?
Por que o Rodrigo não veio antes de eu conhecer o Deco?
Por que o Deco não ficou com a Valéria?

Por que não continuei a estudar no Santa Úrsula?

Por quê? Por quê? Por quê? Por quê? Por quê?

Vivo com a cabeça cheia de porquês. Será possível viver assim, ou simplesmente devo dar ouvidos ao que me diz o coração?

Me lembrei então de uma poesia daquele poeta, o Bocage, que a professora Miriam deu pra gente e passo a entender um pouquinho o que se passa comigo:

"Razão, de que me serve o teu socorro?
Mandas-me não amar, eu ardo, eu amo;
Dizes-me que sossegue, eu peno, eu morro".

A razão me diz que não devo fazer o que quero fazer, o que, com certeza, vou fazer, e o coração me diz: "Vai, Cris, vai ser feliz na vida". Mas, pra ser feliz, terei que magoar o Deco. Não tem outro jeito.

E por que não deveria ser feliz? Por que deveria jogar pela janela a única e verdadeira paixão que apareceu em minha vida? Por que deveria me sacrificar pelo Deco, se, na verdade, não me apaixonei por ele?

Outra vez os porquês!

Está certo, não é culpa dele, a culpa é toda minha! Mas será que sou mesmo culpada? Por acaso, quando alguém está amando, deve ficar pensando em culpa, remorso?

E, sem querer pensar mais naquilo, ouvindo só a voz do coração, entrei de cabeça em minha paixão.

13
Revelações importantes

Então, terminei definitivamente com o Deco. A cara que fez quando disse que não queria namorar mais com ele...

— Tem outro na parada?

Ia dizer que não, que eu queria só dar um tempo, mas achei que o Deco não merecia que mentisse mais pra ele.

— Pra falar a verdade, tem... — confessei, constrangida.

Ele ficou quieto, e seu lábio começou a tremer. Pensei até que fosse chorar.

— Eu gosto de você, Deco, mas... — tentei inutilmente explicar o que não podia ser explicado.

— Não precisa ficar se justificando — ele disse, magoado. — Espero que você seja feliz.

O Deco virou as costas e se foi. Senti muita pena dele, mas acabei chegando à conclusão de que deveria mesmo era sentir pena de mim.

E, sem pensar mais no Deco, continuei a sair com o Rodrigo. E sempre às sextas-feiras. Embora odiasse ficar longe dele nos fins de semana, deixei de reclamar, depois que o Rodrigo me explicou que andava viajando a trabalho.

— Quando tudo se acalmar, Cris, a gente se vê todos os dias que você quiser.

Mas, antes que isso acontecesse, na última vez em que nos encontramos, ele acabou por me revelar umas coisas sobre sua vida que me chocaram. Foi aí que entendi por que a gente só se via às sextas-feiras.

O Rodrigo naquele dia parecia diferente do Rodrigo das outras vezes. Ainda que se mostrasse carinhoso como sempre, me olhava de um jeito tão sério que foi me deixando preocupada. Até que, por fim, ele disse:

— Amor, tenho umas coisas muito sérias pra te dizer...

Meu coração começou a bater apressado. O que ele teria pra me dizer que fosse assim tão sério?

— A primeira coisa é sobre minha idade...

— Sobre sua idade? Mas por que você está me dizendo isso?

— Porque temos que esclarecer certas coisas. Você é muito nova, eu sou bem mais velho...

Comecei a rir:

— Bem mais velho? Quantos anos você tem, Rodrigo?

— Vou fazer trinta e oito...

Rapidamente fiz as contas. Ele era vinte e três anos mais velho do que eu. Pra aliviar a tensão, brinquei:

— Que que tem? Você já tinha me dito que era um coroa... — E depois acrescentei mais séria: — Isso não tem importância nenhuma pra mim, Rodrigo. Não dou a mínima pra sua idade.

— Devia dar, Cris, devia dar.

Apertei a mão dele e perguntei:

— E qual a outra coisa que tem pra me contar?

— Bem... não sei como te dizer...

Ele parecia que carregava um peso dentro de si. Beijei-o e disse, sempre apertando sua mão:

— Vá, fale. Agora, você me deixou curiosa. Seja o que for, eu...

Ele me cortou a fala, dizendo rapidamente:

— Está bem, vamos lá. Acontece que sou casado.

Levei um choque quando o Rodrigo disse aquilo. Larguei a sua mão. Foi só então que reparei que ele não usava aliança.

— Casado?! Mas você... E... e... a sua aliança?

— Acha que eu ia sair com você usando aliança?

Como continuasse calada, incapaz de dizer uma só palavra, ele disse:

— Sim, sou casado, mas se você quer saber... — ele pegou novamente minha mão e começou a falar de um jeito apressado — não amo minha esposa. Meu casamento foi um casamento de conveniência. Quando a gente é jovem, faz muita bobagem...

— E você tem filhos?

— Um casal...

Imediatamente, me baixou uma tristeza tão grande que me deu vontade de chorar. Então, ele era casado! Isso explicava por que dava tantas desculpas, dizendo que não podia sair comigo aos sábados, aos domingos.

— E quantos anos eles têm? — perguntei, com o coração cheio de amargura.

— A Débora vai fazer doze, e o Júnior tem dez.

— A garota tem quase a minha idade... — comentei com tristeza.

— É que eu casei cedo.

Cedo ou tarde, isso não tinha importância. O que tinha importância era que ele era casado!

— Você podia ter me contado isso antes! — exclamei com raiva.

— E te perder, amor? E te perder? — Ele disse isso com tanta tristeza na voz que minha raiva começou a passar.

Mesmo assim, me obriguei a dizer com mágoa na voz:

— Pois eu preferia que tivesse dito.

Será que preferia mesmo que ele tivesse dito isso antes, ou achava melhor continuar vivendo na ilusão?

Ele deu um suspiro fundo.

— Quer saber de uma coisa? Sou muito infeliz, Cris. Ou melhor, eu era infeliz, mas, depois que conheci você, minha vida mudou.

— É, mas continuou com sua mulher!

Ele apertou minha mão.

— Há muito que venho pensando em me separar dela, mas as coisas não são tão simples assim. Preciso pensar nos meus filhos...

Nesse instante me passou pela cabeça dizer: "Você precisa é pensar em mim, se realmente me ama", mas fiquei quieta, só escutando o que ele falava.

— Se quer saber, nos últimos dias, tomei uma séria resolução. Vou conversar com meu advogado. Me separo da minha mulher e, aí, fico com você, se ainda me quiser, é claro.

Ao ouvi-lo dizer aquilo, minha raiva passou de vez. Mas não queria dar o braço a torcer, porque a noite parecia definitivamente estragada. Sem contar que uma dorzinha de cabeça começava a me incomodar.

Ficamos em silêncio por alguns minutos. Por fim, ele perguntou:

— Você me perdoa, Cris?

Sem responder a pergunta, disse simplesmente:

— Por favor, Rodrigo, me leva pra casa. Não estou me sentindo bem.

Me segurei pra não chorar durante todo o caminho. Na hora de sair do carro, me passou pela cabeça pedir que ele me esquecesse, mas acabei dizendo outra coisa bem diferente:

— Me liga amanhã.

14
Chá de camomila

Entrei em casa, passei por mamãe, que assistia à televisão, e, sem falar nada, fui me trancar no quarto. Atirei-me de bruços na cama e comecei a chorar, e chorei tanto que ensopei o travesseiro. Não bastasse o Rodrigo ser bem mais velho do que eu, ainda por cima tinha que ser casado? Casado! Droga! Droga! Droga! Parecia que era um castigo o que estava acontecendo comigo naquele momento.

Chorar tanto parece que aliviou um pouco o sofrimento. De maneira que fui serenando. Quando fiquei mais calma, comecei a pensar em tudo o que tínhamos conversado naquela noite. E só de me lembrar do seu jeito meigo, carinhoso, da tristeza que havia em seu olhar, passei a ver as coisas de um modo menos dramático.

Está certo, o Rodrigo era casado, mas ele não ia se separar da mulher, como tinha prometido? Quanto à idade dele, realmente, vinte e três anos eram uma boa diferença... Mas qual o problema? Ele não havia me contado que ia quase todos os dias malhar numa academia? Sendo assim, quando fosse mais velho, estaria com o corpo todo em cima.

Pras pessoas que se amam, não há barreiras, pensei. As barreiras são criadas pelos recalcados, pelos invejosos, por aqueles que não amam e não sabem o que é amar. Se ele terminasse com o casamento, o que mais podia nos separar? O fato de eu ser muito jovem? Realmente, eu era bem jovem, mas acreditava ser madura o suficiente pra poder enfrentar o que viesse.

Com essas ideias na cabeça, me acalmei. Levantei e fui pra sala. Quando mamãe me viu, perguntou, assustada:

— O que foi, Cris, não está passando bem?

— Estou com dor de cabeça...

— Nossa, seus olhos estão tão vermelhos!

Sentei do lado dela sem dizer nada.

— Não quer tomar uma aspirina?

— Acho que sim.

— Então, pode deixar que eu pego pra você.

Ela levantou-se e, logo depois, gritou da cozinha:

— Você quer um chá de camomila?

Eu não era muito fã de chá, ainda mais de camomila; mesmo assim, respondi:

— Tá legal, pode trazer...

Mamãe voltou da cozinha, tomei a aspirina e o chá. Depois, como sentisse uma enorme necessidade de carinho, encostei a cabeça no ombro dela e beijei-a.

— O que foi? Brigou com o namorado?

Demorei a responder:

— Mais ou menos...

— Namorado novo?

— É...

— Quem é?

— Um cara aí...

— Que é um cara, eu sei. Mas cara de onde?

Senti uma vontade muito grande de me abrir com ela, de contar tudo o que me angustiava, mas me faltou coragem.

— Ah, é um cara que conheci numa festinha.

Mamãe me empurrou de leve e disse:

— Não quero me meter em sua vida, mas que namoro é esse que você só sai às sextas e fica sábado e domingo morgando em casa?

Levei um susto muito grande com a pergunta dela, mas logo me recuperei, inventando rapidamente uma mentira:

— Ele não mora em São Paulo.

— Como não mora em São Paulo?

— Não mora, ué. Viaja todo fim de semana pra casa dos pais dele...

— Ele trabalha aqui em São Paulo?

Como mamãe era xereta! Fiquei com vontade de dizer isso, mas, se dissesse, ela ia ficar enchendo ainda mais. De maneira que comecei a inventar outras mentiras pra ver se ela sossegava:

— Não, ele estuda na São Judas. Como a família mudou pro interior, ele fica em São Paulo durante a semana.

— E o que ele estuda na São Judas?

— Mamãe! Você quer deixar de ser xereta?

Ela se tocou com a minha bronca e disse:

— Tá bom, tá bom, se não quer contar...

Fiquei com um pouco de dó de mamãe. Afinal, ela só queria me ajudar. Beijei-a de novo e disse:

— Desculpa, mãe, mas não estou a fim de falar desse assunto.

Tornei a encostar a cabeça no ombro dela. Que sono, meu Deus! Como estava cansada...

Acordei com mamãe me cutucando:

— É tarde, querida, vamos dormir.

15
De olho no telefone

Lá pelas dez, quando me levantei, mamãe me avisou que ia ao *shopping* e que só voltava pro almoço. Melhor: assim, podia conversar tranquilamente com o Rodrigo quando ele telefonasse.

O telefone tocou, corri pra atender. Era a Kátia... Ela falava sem parar, eu nem prestava atenção. E se ele ligasse enquanto isso? Até que enfim, pra meu alívio, a Kátia desligou. Depois, foi a vez da Regina. Com ela, fui franca: disse que estava aguardando uma ligação muito importante.

Esperei mais um tempão e quando, em desespero, estava quase desistindo, o telefone tocou.

— É você, Cris?

Ao ouvir a voz grave dele, meu coração disparou.

— Por que você demorou pra telefonar?

— Não esqueça que hoje é sábado. Tive que esperar minha mulher sair...

Me deu tanta raiva de ouvi-lo falar "minha mulher"... O que eu era então?

— Sua *mulher*... — eu disse, sublinhando a palavra.

Ele ficou em silêncio por um tempo, pra depois dizer:

— Desculpe, não quis te ofender.

— Você não me ofendeu, mas as coisas são como são.

— Tem razão. Infelizmente, a vida é assim. Por isso mesmo que eu queria te dizer...

Respirei fundo.

— Eu queria te dizer... Bem... eu não queria magoar você. Acho que as coisas estão complicadas, por isso...

Fiquei gelada, e a única coisa que disse foi:

— ...por isso...?

Ele voltou a ficar em silêncio, só que por um tempo mais longo.

— Anda, Rodrigo, fala. O que é?

— Bem... acho que a gente não devia mais se ver.

Quando ele disse aquilo, naquele tom de voz triste, senti um baque, uma falta de ar muito grande e uma enorme vontade de chorar.

— Não se ver mais...?

Ele não disse nada.

— Pra sempre? — solucei.

— Acho melhor — e ele acrescentou de um jeito dramático: — Afinal, você não passa de uma garota, e eu de um velho. E, ainda por cima, casado.

— Não acho você velho.

— Questão de ponto de vista. Mas isso não muda o principal. Sou casado, vivo com minha esposa, tenho meus filhos.

Senti vontade de dizer que tudo isso podia ser mudado, mas não consegui pronunciar uma só palavra. Fiquei muda e trêmula, à beira de um ataque de choro.

— Então — ele continuou —, você não acha que isso é melhor pra nós dois?

— Não sei... — consegui murmurar, soluçando.

— A gente precisa ser realista. E eu não queria enganar você.

Não consegui me segurar e disse chorando:

— Mas a gente se separar assim?

— Não chore, amor.

Mas eu chorava sem parar.

— Por favor, querida. Eu não queria magoar você.

Fiz um grande esforço e, finalmente, consegui dizer:

— Antes... antes de a gente se separar..., eu... eu... queria ver você mais uma vez...

Pra minha alegria, ele disse:

— Pra ser sincero, eu também...

— Então...?

— Eu queria ver você agora! — ele disse, depois de um pequeno intervalo.

Meu coração voltou a bater acelerado, e parei repentinamente de chorar.

— Sério?! Você quer mesmo me ver agora?

— Nunca falei mais sério em minha vida!

— E a sua mulher?

— Que se dane! Te pego na praça Sílvio Romero ao meio-dia. Tá legal?

Não pensei em mais nada, a não ser naquela loucura. Desliguei o telefone, corri ao quarto, me arrumei rapidinho. Não queria encontrar mamãe voltando do *shopping* e ter que inventar uma mentira que ela não engoliria. Deixei um bilhete, dizendo que tinha ido comer um lanche no McDonald's, e saí correndo feito uma doida.

16
Encontro de amor

Já era tarde da noite. Como da primeira vez que a gente se encontrou, não conseguia dormir, de tão excitada. Tudo estava confuso dentro de minha cabeça. Por isso mesmo, como costumava fazer nesses momentos de solidão, abri o diário e comecei a escrever:

Sou feliz.

Em seguida, escrevi em letras bem grandes, enchendo quase uma página inteira do diário:

SOU FELIZ! SOU MUITO, MUITO FELIZ, SOU FELIZ DEMAIS DA CONTA!

Oh, como me sinto feliz!

Como descrever com palavras as fortes emoções que tive nesta inesquecível tarde de sábado?

Ah, o mais que me ficou foi a lembrança de eu estar entre os braços do Rodrigo, protegida do mundo, protegida dos outros, respirando seu hálito, o perfume do seu corpo.

Nem lembro direito, quando me encontrei com ele na Praça Sílvio Romero, que direção tomamos. Só sei que en-

tramos no apartamento, nos atiramos nos braços um do outro. Eu chorava de alegria só de tê-lo junto a mim, mas, ao mesmo tempo, chorava ao ouvir meu coração batendo e gritando aquelas palavras horríveis que eu queria afastar para bem longe de mim: "Nunca mais! Nunca mais!".

— Meu amor, minha querida, minha paixão — ele disse, se ajoelhando a meus pés e apertando o rosto contra mim.

Me inclinei, beijei os cabelos dele e disse ainda chorando:

— Meu amor, meu querido, minha paixão!

Ele se levantou, me ergueu no colo e disse:

— Você é minha, amor? Só minha?

— Sou sua. De corpo e alma. E você é todo meu e de mais ninguém?

Em resposta, ele me apertou contra o peito e me deu um beijo tão maravilhoso que quase me sufocou de paixão.

E ele foi tão carinhoso comigo que, pela primeira vez na vida, sabia como era viver a paixão com a pessoa que mais se ama.

Cheiro minhas mãos e sinto o perfume do Rodrigo. Com isso, parece que ele está aqui ainda, pronto a me pegar e me apertar nos braços.

Oh, como me sinto feliz!

Enfim... enfim, deixei de ser virgem. Uma frase tão banal para revelar uma coisa tão importante. Mas, no meu *caso, foi importante, porque deixei de ser virgem me entregando à pessoa a quem mais amo no mundo.*

Que vontade de abrir a janela e gritar para todo mundo: NÃO SOU MAIS VIRGEM!

Começo a rir diante dessa ideia maluca de sair gritando por aí que não sou mais virgem.

O que fazer? Quem ama não tem um pouco de louco?

Então, bocejei uma, duas vezes.
Escrevi várias vezes o nome dele:

RODRIGO, RODRIGO, RODRIGO, RODRIGO, RODRIGO, RODRIGO, RODRIGO, RODRIGO, RODRIGO, RODRIGO, RODRIGO, RODRIGO, RODRIGO, RODRIGO, RODRIGO, RODRIGO, RODRIGO

Fechei o diário e fui me deitar feliz como nunca. Devagarinho um calor muito bom, que parecia começar da ponta dos pés, veio até minha cabeça. Bocejei mais uma vez. Ai, que sono...

17
Felicidade...

Acordei no domingo com a maior preguiça. Era quase uma hora e continuava na cama, abraçada ao travesseiro, sentindo ainda o perfume dele, o cheiro dele no ar... Abria e fechava os olhos, sorria feito boba, com a maior preguiça de levantar. Mamãe já tinha vindo me acordar umas duas vezes:

— Anda, sua preguiçosa, o almoço está esfriando.

Bocejei, esticando os braços, e fui tomar banho. Quando a água quente caiu sobre mim, fiquei toda arrepiada. Me banhei lentamente, esfregando o sabonete bem devagar sobre o corpo, como se temesse tirar de mim o perfume, o cheiro dele...

Pus uma roupa leve e folgada, porque queria estar bem à vontade, e fui almoçar.

— Ué, o que você tem hoje? — mamãe perguntou, ao me surpreender com o garfo no ar e os olhos não sei onde.

Comecei a rir e disse:

— Sei lá... Estava pensando numas coisas...

— Pois devia parar de pensar e comer, mocinha, senão a comida esfria.

Mas como poderia pensar em comer? Eu pensava só nele, nos instantes felizes que havíamos passado juntos naquele apartamento. Ah, como gostaria de estar naquele momento com o Rodrigo, só nós dois, um fazendo carícias no outro...

Depois do almoço, me deu uma vontade doida de me abrir e contar pra alguém o que sentia. Pensei imediatamente na Regina. Liguei pra casa dela, mas me informaram que ela tinha saído. Droga! Eu tinha que contar pra alguém! Eu tinha que contar!

Peguei o telefone e liguei pra Kátia, mas, quando ela atendeu, desisti e desliguei. Pra Kátia não. Fofoqueira como era, no outro dia toda a escola estaria sabendo. E eu não queria estar na boca do povo.

Liguei de novo pra casa da Regina e nada.

Fui pro quarto, pus os fones de ouvido e fiquei ouvindo música. Depois me deu vontade de desabafar. Como sempre faço quando sinto isso, abri o diário e comecei a escrever sobre o que se passava em meu coração:

Romântica... sou romântica.

MUITO ROMÂNTICA.

Romântica demais.

Romântica: como esta palavra mágica diz tudo, tudo, e ao mesmo tempo não diz nada.

As coisas giram dentro de minha cabeça, as ideias mais desencontradas, ora vejo os olhos do Rodrigo, ora escuto nitidamente ele dizer "te amo, gata", ora sinto um arrepio na pele ao contato de suas mãos, como se ele estivesse presente diante de mim.

E o mundo todo se resume nas sílabas de um nome: RO-DRI-GO.

Sou romântica. Me orgulho de ser romântica. De me doar, de me entregar de corpo e alma a meu amor.

Releio com satisfação o que escrevi, estico os braços, bocejo de felicidade. Ai, que sono, e é ainda tão cedo! Que sono!

18
Abrindo o coração

No dia seguinte, apesar de ser segunda, cheguei na escola na maior alegria. Sabia que, à tarde, o Rodrigo me ligaria. Depois, a gente ainda se falaria por telefone na terça, na quarta, na quinta e, na sexta, bem, na sexta, eu estaria novamente com ele! Eu estava tão cheia de felicidade que cumprimentei todo mundo, inclusive a chata da Valéria, que me olhou com aquele jeito de tonta, muito espantada, porque a gente não se falava há séculos.

Encontrei a Regina, beijei-a e disse baixinho pra que a Kátia não ouvisse:

— Rê, depois, eu queria falar com você.

— Nossa, que que aconteceu?

— Como assim?

— Você tá com uma cara...

Naquele dia, não consegui assistir às aulas direito. De vez em quando, sem que esperasse, as lembranças do sábado tomavam conta de mim. Ficava então meio no ar, sorrindo à toa feito uma boba.

— Cristina! — era dona Míriam, a professora de português, que passava a mão diante de meus olhos.

A classe caía na risada.

— Desculpa, profe...

— Eu acho que você está navegando em mares diferentes dos de Vasco da Gama...

Só aí desconfiei que a aula era sobre *Os Lusíadas*. Fiz um esforço muito grande pra prestar atenção. Mas quem disse que conseguia?

— "As armas e os barões assinalados." Quem são esses "barões" a que o Camões está se referindo, gente?

Barões? Que barões? A professora tinha razão. Eu estava navegando mesmo em outros mares...

* * *

Na saída, fiquei esperando pela Regina. Nisso, o Deco passou por mim e me olhou de um jeito tão triste que me deixou sem jeito. Mas o que mais me chamou a atenção é que ele não estava com a Valéria.

Depois que eu tinha dado o fora no Deco, pensei que ele fosse voltar com ela. Ainda que fosse por despeito, só pra me provocar. Mas, não, o Deco seguia sozinho, de cabeça baixa, pela rua. Não pude deixar de sentir dó dele.

Mas logo me esqueci disso, porque a Regina vinha correndo ao meu encontro.

— O que você tem pra me contar? Estou morrendo de curiosidade.

— A Kátia? — perguntei, olhando pros lados.

A Regina começou a rir:

— Não se preocupe. Falei pra ela que a gente ia se encontrar na biblioteca...

Saímos andando depressa, viramos a esquina, descemos a rua e fomos sentar num banco de uma pracinha perto de casa.

— Vamos, conta logo pra mim.

E, quase perdendo o fôlego, contei tudo sobre o Rodrigo, sobre o nosso namoro.

— Se você quer saber, Regina, estou a-pai-xo-na-da!

Ela me pegou nas mãos e me perguntou:

— Mas ele é casado mesmo?

— É casado e tem dois filhos... — e logo me apressei a explicar: — Mas ele prometeu que vai se separar da mulher e ficar comigo.

— Puxa, que legal!

Em seguida, ela me olhou bem nos olhos e começou a perguntar de um jeito todo misterioso:

— E vocês já...?

Comecei a rir.

— Se já transamos? É o que você quer saber? Já, já, foi a coisa mais maravilhosa do mundo! — e contei rapidamente nosso encontro no apartamento, depois de a gente quase ter se separado.

Sem largar minhas mãos, a Regina olhava pra mim parecendo encantada com o que eu dizia. Por fim, ela deu um suspiro.

— Sabe que eu invejo você, Cris? Estou doida pra transar, mas não queria transar com qualquer um.

— E o Lico? Você não está ficando com ele?

— Ficando... Pois esse é o problema. Eu não queria só ficar, eu queria me apaixonar de verdade como você...

Levantamos do banco e fomos andando na direção da rua Vilela.

— E o Deco? Ele não está namorando a Valéria? — perguntei sem saber bem por quê.

— O Deco? Coitado do Deco. Depois que você deu o fora nele, anda perdido... Sabe que a Valéria quis voltar com ele?

— E então?

— Ele não quis saber dela de jeito nenhum. A Valéria ficou louca.

— Não entendo por que ele não quer voltar com a Valéria. Ela...

— Cris! Que Valéria o quê! Acorda. O Deco é fissurado em você, só fala em você.

— Se você quer saber, Rê, eu gosto muito do Deco, mas, como estou apaixonada pelo Rodrigo...

— ...o Deco dançou, né? — ela completou com um sorriso, me abraçando e encostando a cabeça na minha.

19
Glória!

Foi então uma época gloriosa, aquela. Eu me sentia tão, tão feliz que não pensava em outra coisa. Pensava no Rodrigo e em nosso amor, como se minha vida se resumisse a isso.

A gente conversava praticamente todos os dias por telefone:

— Te amo, querida — ele me dizia.

— Te adoro, amor — eu dizia.

O Rodrigo tinha muitos compromissos, andava sempre viajando, mas sempre arrumava tempo pra me telefonar. A única coisa que me incomodava mesmo era que a gente continuava a se encontrar só nas sextas. Na hora da despedida, me agarrava a ele, quase em desespero, como se não fosse mais vê-lo. O Rodrigo me beijava e dizia:

— Paciência, amor, mais um pouco e a gente fica juntos pra sempre.

Ele voltava a me explicar então como estava indo o processo de divórcio. Eu o beijava e dizia com os olhos úmidos:

— Te amo, Rodrigo. Vou ser paciente, eu juro. Tudo vai dar certo, e estarei à sua espera.

Como andava radiante, feliz, e talvez demonstrasse isso pelo meu modo de ser, as pessoas passaram a reparar. Mamãe vivia dizendo que queria conhecer o Renato, pedindo que o convidasse pra ir em casa um dia. "Renato" era o nome que eu tinha inventado pro Rodrigo...

— Se ele está te fazendo tão feliz assim, deve ser uma pessoa muito especial. Convide-o pra vir almoçar aqui em casa qualquer dia desses.

— Ih, mãe — inventava mais uma desculpa –, ele é muito tímido. Uma hora você conhece ele...

Quando me olhava no espelho, me achava linda como nunca. Tinha engordado um pouquinho, e tudo em meu rosto parecia sorrir: a boca, os olhos, a cor da pele. Ah, eu me sentia mesmo muito feliz. Ia bem na escola, estava de bem com mamãe, tinha grandes amigas e, acima de tudo... tinha o Rodrigo. Meu amor, minha paixão, minha vida.

E para aumentar ainda mais minha glória, o Rodrigo, a meu pedido, foi me buscar na escola.

Era só ver a cara das invejosas de plantão, com a Valéria à frente, quando a Pajero parou na rua da es-

cola e ele saiu de dentro, lindo de morrer, todo bronzeado e de óculos escuros.

— Nossa, quem é o gato?! — perguntou, admirada, uma colega que se chamava Astrid.

Não disse nada e fui em direção dele, e fiz questão de beijá-lo pra que todas pudessem ver quem era, afinal, a dona daquele gato.

No dia seguinte, foi só chegar na escola, todo mundo queria saber quem era o Rodrigo. Dei uma esnobada naquela gente dizendo que eu e o Rodrigo éramos apenas amigos... E só fui ter consideração pela Regina e pela Kátia.

— Que gato, hein, Cris! Gatíssimo. Onde você achou ele? — perguntava a Kátia.

— Por aí...

— Será que ele não tem um irmão, um primo, um amigo assim como ele?

Caímos na risada. Beijei minhas amigas e disse:

— Gente, nunca me senti tão feliz na vida! O Rodrigo é a pessoa mais carinhosa, mais gentil do mundo.

Continuamos andando, e acabei contando pra elas tudo o que vinha se passando entre mim e o Rodrigo. Não escondi nada, mesmo sabendo que a Kátia iria dar com a língua nos dentes.

Que desse! Afinal, eu não queria que todo mundo soubesse mesmo como eu era tão feliz?

20
Um dia de muitas surpresas

E essa gentileza e esse carinho, o Rodrigo foi capaz de demonstrar de um jeito todo especial no meu aniversário.

Antes disso, porém, ele me aprontou uma que não esqueço... Aconteceu o seguinte: como a gente não podia sair no dia do meu aniversário, que caiu numa quarta, fiquei esperando que, pelo menos, ele telefonasse pra me dar os parabéns. O Rodrigo não fez nada disso, o que me deixou muito chateada. Depois, achando que ele queria me fazer uma surpresa na sexta, quando a gente se encontrasse, fiquei mais tranquila.

Mas na sexta, ao me pegar lá pelas duas da tarde na esquina de casa, pra aumentar a decepção ele nem me deu os parabéns. Como se fosse um dia qualquer, apenas me cumprimentou me beijando:

— Oi, amor.

Eu o achei tão frio, tão indiferente que até pensei que alguma coisa tivesse acontecido. Esquecer a data do meu aniversário... E a decepção era maior porque tinha me produzido pra esse encontro. Estava com a blusinha da M. Officer que era uma graça e uma calça bem justa, de cintura baixa, que ele gostava que eu vestisse. O Rodrigo dizia adorar minha barriguinha... Tinha prendido os cabelos numa trança e passado um batom bem leve nos lábios. E o resultado, modéstia à parte, tinha sido muito bom. Definitivamente, eu estava linda pra esse dia especial. E ele vinha dizer apenas "Oi, amor"!

Mas, quando entramos no apartamento, quase caí de costas. A sala estava tão cheia de flores que o ar até sufocava: rosas e mais rosas, vermelhas, amarelas, brancas, margaridas, flores silvestres, tulipas, violetas. Fiquei sem fala por alguns segundos, admirando os buquês, os arranjos. Por fim, só fui capaz de exclamar, maravilhada:

— Rodrigo, meu amor!

Ele então me abraçou e disse:

— Parabéns, Cris!

Nos beijamos amorosamente. Ah, Rodrigo, Rodrigo. Mas a surpresa não parou aí, pois ele me disse:

— Fecha os olhos.

Fechei os olhos, ardendo de curiosidade.

— Pode abrir.

Abri os olhos, e ele me entregou uma caixinha azul.

— O que é isso?

— Abre...

Abri e vi uns brincos de ouro lindíssimos, com pequenas pedras azuis.

— Ah, não, não posso aceitar.

— Como não pode aceitar? Onde se viu recusar um presente meu? — ele disse, fingindo zanga.

O Rodrigo me levou para a frente de um espelho, e ele mesmo, de um jeito todo carinhoso, me colocou os brincos.

— Não ficou gatíssima, hein? — ele me disse, abraçando-me por trás e me beijando as orelhas.

Então, me passou pela cabeça que mamãe, xereta como sempre, certamente iria estranhar aqueles

brincos. Mas, naquela hora, eu não queria saber o que mamãe pensaria.

— Rodrigo, meu amor, minha paixão. Então, você não se esqueceu...

— Cris, o que você está pensando de mim? Que iria esquecer essa data?

Ele sorriu, abriu o pequeno frigobar, pegou uma garrafa de champanhe e duas taças.

— Não podemos deixar de erguer um brinde, não é, amor?

Ele encheu as taças e fez um brinde, erguendo sua taça:

— Pra gata das gatas.

Tomei um gole de champanhe, e um calor gostoso me invadiu o peito. Eu me sentia tão feliz! O Rodrigo tornou a encher as taças. Bebi novamente. Quando ele encheu as taças pela terceira vez, e me recusei a beber, dizendo que já me sentia tonta, ele disse:

— Cris, hoje é um dia especial. Que que tem ficar de pilequinho? Vamos lá, de um gole só. Um, dois, três...

Comecei a rir e entornei a taça. Engasguei e comecei a tossir. Mas não demorou muito estava rindo de novo feito uma doida.

* * *

Me sentia inebriada, como se estivesse no céu, como se andasse nas nuvens. O Rodrigo me beijava com paixão, eu retribuía, dizendo:

— Rodrigo, quero fazer de tudo pra fazer você tão feliz quanto você está me fazendo!

— O que mais você precisa fazer? Eu sou o homem mais feliz na face da Terra!

Ele correu até a sala, voltou com ramalhetes de rosas e me cobriu de pétalas. Sentia um arrepio me correr a pele e só conseguia dizer:

— Rodrigo, meu amor... Te amo... Te quero...

21
As portas do paraíso

Estava meio tonta da champanhe, sentindo uma preguiça imensa. O Rodrigo sentou-se na beira da cama, abriu uma gaveta do criado-mudo e pegou uma caixinha. Levantei o corpo, curiosa. Que outra surpresa ele tinha guardado pra mim?

— O que é isso? — perguntei.

— Você já vai ver — disse o Rodrigo com um sorriso malicioso.

Ele pegou uma folha de papel, derramou sobre ela o que me pareceu ser um pouco de fumo. Meu coração bateu assustado no peito.

— Você não vai me dizer o que é isso? — tornei a perguntar, embora desconfiasse que já sabia a resposta.

Ele enrolou o fumo na folha de papel, fazendo um cigarro. Eu sabia o que era aquilo! Embora nunca tivesse usado drogas, já tinha visto colegas enrolando e fumando baseados nas festinhas. Além disso, de vez em quando, iam especialistas dar palestras no colégio. Eles falavam então dos diferentes tipos de droga, dos efeitos que causavam. Por isso mesmo, olhava o Rodrigo preparar o baseado com um misto de medo e excitação.

— É um baseado, né...? — eu disse.

— Ah, então, você já experimentou...? — ele me perguntou, lambendo o cigarro e torcendo suas pontas.

— Não experimentei nem quero experimentar.

— Ué, por que não quer experimentar?

— Sei que a droga faz mal, que...

Ele sorriu, acendeu o baseado, deu uma tragada funda. Depois, franzindo a cara, perguntou com desprezo, enquanto fazia aquele seu gesto característico, balançando a mão:

— Quem disse essa bobagem?

— Lá na escola. Também li...

Mais uma vez ele me interrompeu:

— Essa gente que escreve livro e dá conferência sobre droga é tudo careta. Chamam de droga qualquer coisa, até capim. Maconha não é droga, é mais inofensiva que cigarro, que álcool.

Devo ter olhado de um modo tão incrédulo pro Rodrigo que ele disse:

— Cris, você acha que eu iria enganar você? Sempre fumei maconha e não sou viciado.

— Mas por que você fuma isso?

— Porque relaxa, deixa a gente num estado de espírito muito legal.

Ele me estendeu o baseado:

— Vai um tapa?

— Não é o que as pessoas dizem... — comecei a falar, recusando o baseado. — Dizem que a maconha, além de viciar de verdade, é a porta...

— ...pras outras drogas? Quanta bobagem! Faz um tempão que eu fumo maconha e nem sei qual é o gosto da coca e de outras porcarias.

Ele continuou a explicar, falando com desprezo dos burgueses, das pessoas caretas que queriam proibir tudo o que era bom, tudo o que dava prazer.

Pra falar a verdade, estava morrendo de curiosidade de saber como era o gosto daquilo. Me sentia tão bem ao lado dele, era o dia do meu aniversário...

— Tá bem. Só pra experimentar — disse, como num desafio.

Com os dedos trêmulos, peguei o baseado e levei aos lábios, aspirei a fumaça e logo a soltei. Ao contrário do que esperava, não senti nada. O Rodrigo, como que percebendo minha decepção, deu uma risada.

— Assim, não. Enche o pulmão com a fumaça e segura um pouco, senão você não vai sentir nada mesmo.

Ele me beijou. Aspirei novamente, mas, desta vez, segurei a fumaça por algum tempo e, quando a soltei, fui tomada por uma sensação diferente. Senti-me tonta, mas alegre. As coisas pareciam mais bonitas. Comecei então a rir e disse, beijando o Rodrigo:

— Que legal...

— Eu não te disse? — ele falou, pegando o baseado e dando uma tragada. — É como se a gente chegasse nas portas do paraíso.

22
Ressaca

Acordei com o Rodrigo me dizendo:

— Acorda, amor, já é tarde.

Abri os olhos e vi que ele estava debruçado sobre mim. Eu me sentia um pouco enjoada e, sem saber bem por quê, comecei a rir. E ri tanto que cheguei até a chorar. Ele correu até a cozinha e voltou com um copo d'água. Me levantei, bebi um pouco, mas não consegui ficar sentada na cama. Caí de costas, e ele disse:

— Temos que ir, Cris...

— Ah, não, eu quero ficar aqui. E quero você comigo — disse com a voz mole.

Ele tornou a ir até a cozinha e voltou desta vez com outro copo d'água e um Sonrisal.

— Ah, eu não quero essa porcaria. Quero mais um pouco de champanhe, mais um baseado — disse, dando uma risada.

Parecendo impaciente, ele disse:

— Cris, deixa de ser tonta. Anda, beba o Sonrisal.

Obedeci e bebi de um gole só. E, como era de esperar, vomitei tudo o que tinha no estômago. Pra falar a verdade, bem pouca coisa, porque a gente tinha comido apenas pedaços de um bolo de chocolate e de uma torta de morango. Por isso mesmo, não me sentia nada bem. Amparada pelo Rodrigo, tentava me levantar. Mas em vão, porque tudo no quarto parecia girar: o chão, o teto, as paredes.

Nunca na minha vida eu havia ficado de fogo. E a sensação que tinha era a pior possível.

— Você precisa de um banho frio.

— Banho frio... Por que banho frio?

— Porque você vai se sentir melhor.

Quando a água gelada caiu sobre mim, comecei a gritar de frio.

— Pô, fica quieta! Para com isso — o Rodrigo me deu bronca.

Assustada, fiquei quieta. Com o banho, melhorei um pouquinho, mas ainda me sentia tonta e acredito que, se ele não me amparasse, não conseguiria sair do apartamento nem entrar no carro.

Acordei com ele me sacudindo.

— Ah, já chegamos...? — perguntei, aturdida e me sentindo terrivelmente mal.

— Será que você consegue ir até sua casa assim...? — ele me perguntou, parecendo preocupado.

Reuni todas as minhas forças e disse:

— Pode deixar, acho que consigo...

Ele me beijou e disse:

— Te cuida, Cris.

Desci do carro, entrei no prédio, o porteiro me cumprimentou:

— Boa noite.

Como que envergonhada, corri pro elevador. Enquanto subia, me olhei no espelho e fiquei assustada. Estava com uma cara! Toda branca, com olheiras, os cabelos escorridos e empastados. Sem contar que a tontura e a ânsia de vômito tinham voltado. Se mamãe me visse daquele jeito!

Entrei em casa. Pra minha sorte, ela ainda não tinha chegado. Fui até o banheiro e tentei vomitar, mas não tinha mais nada no estômago. Ai, que sensação horrível. Tirei a roupa e tomei um banho bem quente, que me aliviou um pouco. Minha cabeça latejava de dor. Saí do banheiro, fui à cozinha e tomei uma aspirina.

Queria deitar e dormir. Deitei, e o quarto começou a girar, a girar. Jurei então nunca mais beber em minha vida.

23
Remorso

Mas não dormi direito naquela noite. Fiquei virando na cama de um lado pro outro, a dor de cabeça demorou a passar. Fui ao banheiro umas duas, três vezes e bebi não sei quantos copos d'água. Mas o pior de tudo não foi o mal-estar físico. O pior de tudo foi o remorso que senti.

Eu nunca tinha experimentado bebida alcoólica e muito menos maconha na vida. E bastara um momento de fraqueza e havia cedido. Só de pensar nisso, fiquei arrepiada. Meu Deus, como eu era fraca! Como eu podia ter cedido assim tão fácil? Custava dizer ao Rodrigo que eu não queria? Mas não, como uma tonta, entrava na dele. E tinha bebido e tinha experimentado maconha.

Será que eu estava tendo um pesadelo? Quem havia bebido e fumado maconha na noite anterior parecia uma outra Cristina que não tinha nada a ver comigo.

Virei de novo na cama, a cabeça ainda latejando, e perguntei pra mim mesma:

— Cris, Cris, pra onde você está indo?

A dor de cabeça passou, o sono começou a chegar, e isso me deixou um pouco mais aliviada. Procurei então afastar aquelas coisas ruins que tanto me incomodavam e só me lembrar das coisas boas: os beijos que havíamos trocado, as carícias, o maravilhoso presente que ele tinha me dado.

Foi só pensar no presente e deixei de me cobrar e de me acusar. O que passava a me preocupar era o que fazer com os brincos. O que eu diria pra mamãe? Que era uma bijuteria? Nunca que ela iria acreditar que aqueles brincos eram só bijuteria. Mamãe era tudo menos boba. Puxa vida, acho que devia usá-los só quando saísse com o Rodrigo... Até lá, ficariam escondidos no fundo de uma das minhas gavetas.

E, mais tranquila, acabei adormecendo.

24
Prazeres da vida

Apesar dos remorsos que tive naquela noite de ressaca, voltei a beber e a fumar. Pra não ficar me atormentando e como que tentando justificar meus atos, inventava pra mim mesma aquele tipo de desculpa: que tudo era só uma brincadeira, que eu parava quando quisesse, que o Rodrigo não iria me enganar etc. etc.

Enfim, não queria pensar se o que estava fazendo era certo ou errado. Queria mesmo era curtir minha paixão. Mas isso não significava que as coisas estavam muito claras dentro de mim.

Lá no fundo mesmo, sempre havia uma outra Cristina que me acusava de estar fazendo coisas erradas. Mas, colocando acima de tudo o meu amor, virava as costas pra ela, como se lhe dissesse:

— Ora, Cris, deixa de ser careta, pô!

E assim minha vida mudou bastante. Deixava de ser aquela menina ingênua que pouco sabia da vida e das coisas. Tendo o Rodrigo como mestre, refinava meus gostos, meus apetites. Quando a gente ia a um restaurante, já sabia pedir os melhores pratos. Dava uma experimentada no uísque ou na vodca que ele tomava. No apartamento, passei a exigir que ele sempre tivesse uma garrafa de vinho ou de champanhe, e era a primeira a querer um baseado.

— Desse jeito, amor, você me leva à falência... — ele dizia, dando uma gargalhada.

Como ele, passei também a achar os outros caretas. Eu admirava cada vez mais o Rodrigo. Era muito confiante, tinha opinião sobre tudo, discutia qualquer assunto com segurança, mesmo coisas que nunca tinha estudado ou que parecia não conhecer. E sempre com aquele jeito engraçado de se referir às pessoas estúpidas e caretas enrugando a testa e movendo a mão com desprezo...

Como ele, passei a sentir pena ou mesmo a desprezar as pessoas que não sabiam apreciar as coisas boas da vida. Viver era viver com intensidade, curtindo os prazeres. Se não exagerava, porque aprendia a me controlar, que que tinha beber e fumar um pouco? Me sentia tão bem, ou melhor, aprendi a me sentir de outra forma, tornando meus sentidos muito mais refinados.

Era como se, de repente, me tornasse adulta, uma verdadeira mulher.

E tudo graças ao Rodrigo.

E assim nosso amor parecia ficar mais forte, mais intenso. Nossos gostos eram idênticos. Pedíamos quase sempre os mesmos pratos, e eu já chegava algumas vezes a dar palpites sobre o vinho que gostaria de beber.

E quanto à minha vida longe dele? Parecia que era uma outra vida meio sem graça, com gente medíocre e careta me cercando. Não aguentava mais os papos de mamãe, da Regina, dos colegas em geral. Eles eram às vezes tão infantis, tão pueris... Achava as aulas a maior chatice. Minhas notas pioraram, mas eu não estava nem aí. Como sabia que não era nada burra, me recuperaria com facilidade quando quisesse.

Por que me preocupar com notas, se havia coisas mais importantes e divertidas que fazer? E essas coisas importantes e divertidas passavam sempre pelo Rodrigo. Ele era a razão de minha vida.

Foi nessa época que escrevi em meu diário:

Quem não sabe o que o amor pode fazer não vive.

Quem não ama também não vive ou finge que vive.

Viver, aprendi, só vale a pena quando se vive com intensidade. Mas pra viver com intensidade é preciso estar amando, porque só com o amor é que a gente se entrega, a gente se esquece de si e passa a viver para o outro.

Ah, como eu amo.

Viver é amar, amar é viver. Como é que se pode viver sem amor?

Rodrigo, bendito o dia em que você entrou em minha vida. Você veio para ficar em minha alma, em meu coração.

E você quer saber mesmo?

ESTE AMOR VEIO PRA FICAR.

25
Rotina no amor

Mas nem tudo era uma maravilha, às vezes eu caía na real, e as coisas não pareciam tão bonitas assim. Então, me sentia inquieta, agoniada. Sobretudo depois que descobri que também no amor podia haver rotina. Quero dizer: nunca pensei que fosse ficar entediada ao lado do Rodrigo. Pois foi isso que aconteceu, porque a gente estava começando a fazer as mesmas coisas de sempre: ir a restaurantes caros, a barzinhos ou passar as tardes de sexta no apartamento.

Até o papo dele, que eu achava tão interessante, às vezes me aborrecia. Sem contar que toda vez que ele bebia um pouco mais ficava meio chato, meio bobo.

Na verdade, eu me sentia sufocar, eu queria ir com ele a lugares diferentes, a uma praia, a um cinema, a um *shopping*, sei lá onde. No fundo, eu queria era curtir a vida ao lado do Rodrigo, sem aquela de a gente ficar se escondendo dos outros, como se estivesse fazendo algo errado.

E ele sempre me pedindo paciência:

— O processo está indo, amor. Mês que vem entro com a ação de divórcio.

— Mas você disse que já tinha entrado...

— Não te expliquei direito. Acontece que...

— Pelo menos, você já falou com sua mulher?

Ele hesitava antes de responder:

— ...Cris, não é tão simples assim... Não posso ser precipitado...

Eu ficava furiosa com aquilo. Percebia que ele estava mentindo, que estava escondendo alguma coisa de mim.

Mas o pior passaram a ser os fins de semana, em que era obrigada a ficar sozinha em casa. Acontece que ele começou a fazer umas exigências: não queria que eu saísse, nem mesmo com minhas amigas.

De início até gostei, achei bacana, porque vi que ele sentia ciúmes, mas depois comecei a me encher. Ele me ligava a qualquer hora, no sábado, no domingo, sob pretexto de que estava com saudade de mim. Mas não foi difícil perceber que, no fundo, o Rodrigo só queria saber se eu estava em casa.

— Que tanto esse seu namorado fica te ligando? — mamãe reclamava. — E o pior de tudo é que, quando atendo, ele desliga.

— Ih, mãe, deixa de ser exagerada! Quem disse que é sempre ele que liga?

— Acho que é ele mesmo.

— O Renato é tímido, mãe, já disse isso pra você.

Sem me arrumar, toda desleixada e desanimada, ficava em casa todo o fim de semana, diante da televisão, vendo programas caretas. Morrendo de tédio. E também de ódio, sabendo que ele podia sair, podia ir aonde quisesse. Pra piorar ainda mais as coisas, mamãe tinha arranjado um namorado e pouco parava em casa.

Quantas e quantas vezes, via a noite chegar, sem ânimo pra nada. O telefone tocava, eu corria pra atender, pensando que podia ser a Regina. Mas não era a Regina, era ele.

— Oi, Cris, morrendo de saudade?

Sentia vontade de dizer que estava morrendo de tédio, mas não dizia isso, porque não queria piorar ainda mais as coisas.

— Tô...

— Nossa, que tô mais murcho...

— Estou um pouco cansada...

— Desculpe, mas tenho que desligar agora, amanhã a gente se fala.

Que ódio sentia então! Com certeza era a maldita mulher dele! Como é que ele se sentia vivendo ainda ao lado dela, quando dizia que eu era a pessoa a quem mais amava no mundo?

Ligava a tevê, passava por todos os canais, sem ânimo de ver nada. Ia até a cozinha, tomava um copo de leite, comia uma bolacha. Voltava pra sala, desligava a tevê.

Era cedo pra dormir, e nem sentia sono. Acabava abrindo meu diário e relia tudo o que havia escrito

depois de conhecer o Rodrigo. Será que, então, sentia a mesma emoção que no passado?

E escrevia:

Será que este amor veio mesmo pra ficar?

Será que ele veio e está começando a ir embora?

Mas eu amo o Rodrigo e penso que não poderia viver sem ele.

Ah, eu morreria sem o Rodrigo... Mas será que ele morreria sem mim? Como é que ele consegue viver sem mim?

Como suportar que ele diga "desculpa, amor, mas tenho que desligar"? Se ele me amasse mesmo de verdade...

Será que não estou sendo injusta com ele? Ou não estarei sendo injusta comigo?

Parava de escrever e começava a chorar. E o remorso pelas coisas que tinha feito por causa do Rodrigo crescia dentro de mim. Ouvia então a voz da outra Cris que me dava broncas. Eu tinha feito coisas que sabia que eram condenáveis, como mentir pra mamãe, relaxar na escola, desprezar o Deco, beber e fumar maconha. E tudo por causa dele. E meu prêmio era esse? Sentir-me entediada e infeliz? Sentir remorsos pelas coisas que tinha feito sem pensar?

E chorando, sem querer, molhava as páginas do diário, borrando as letras, as frases. Enxugava os olhos e voltava a escrever:

E eu pensando que nosso amor fosse eterno! Que nada, nada mesmo nos separaria. Por isso mesmo, deixei de pensar, de refletir nas coisas que estava fazendo. E tudo por você, Rodrigo!

Rodrigo, queria tanto estar com você... Você não sabe como estou sofrendo... Sozinha no mundo...

Será que este amor veio mesmo pra ficar?

26
Porto Seguro

As coisas iam assim, alternando umas fases boas com outras muito ruins, quando, um dia, pra minha surpresa, o Rodrigo me convidou pra ir com ele pra Porto Seguro. Como viajaria a negócios e teria pelo menos um dia de folga, queria que eu fosse com ele.

— Podemos passar um fim de semana maravilhoso. Já imaginou nós dois sozinhos na praia? Tomando uma caipirinha de vodca, comendo um camarãozinho?

Fiquei excitada. Quem sabe assim a gente não poderia recuperar a nossa felicidade? Mas tinha um problema: mamãe nunca deixaria eu sair assim, sem saber com quem e pra onde ia. Foi o que disse a ele.

— Você inventa uma história qualquer. Aliás, você é craque nessas coisas, né?

Não gostei nada de ouvi-lo dizer que era uma mentirosa, mas estava tão encantada com a ideia da viagem que deixei passar batido. Então, o problema era este: como convencer mamãe que eu iria viajar?

Angustiada, pensei, pensei, até que, na terça-feira, na hora do almoço, fingindo calma, disse pra ela que ia ter uma excursão da escola pra Ubatuba. Na verdade, não estava inventando nada. Realmente, na programação da escola, a viagem estava marcada, só que pra uma outra data.

Apressada, mamãe se levantou da mesa e, olhando rapidamente pra programação que mostrei de longe, perguntou:

— Ubatuba? O que vocês vão fazer lá? Com quem vocês vão?

— Com a professora de biologia. A gente vai estudar o meio ambiente.

— Meio ambiente? Que estudo mais legal, hein? Vocês vão quando?

— Na sexta, e voltamos no domingo — disse do jeito mais natural do mundo.

Depois, lembrando uma recomendação do Rodrigo, ainda disse:

— Você precisa fazer uma carta me autorizando a viajar...

E cheia de vergonha, completei:

— Além de me descolar uma grana...

— De quanto você precisa?

— Ah, pouco...

Ela pegou rapidamente a bolsa, o celular sobre a mesa, a chave do carro e disse:

— Estou morrendo de pressa, querida. Escreve você mesma uma carta no computador, dizendo que dou autorização pra você viajar etc. etc., que eu assino. Quanto ao dinheiro, passo num caixa eletrônico, quando sair do trabalho, e depois te dou.

Tinha sido mais fácil do que eu pensava. Comecei a arrumar minhas coisas. Comprei um biquíni lindíssimo. Aliás, o Rodrigo nunca tinha me visto de biquíni; por isso mesmo, não via a hora de estar na praia com ele.

Mas tive o primeiro desapontamento quando, na quinta, ele me ligou.

— Cris... tenho uma coisa chata pra te dizer.

Fiquei assustada. Será que não viajaríamos mais?

— Acontece... não me leve a mal... mas acontece que o presidente da empresa resolveu ir comigo e...

— E daí...?

— E daí que eu não posso pegar você...

— Bem, então...

— Não se preocupe, você pega um táxi. Não se esqueça, você tem que estar no aeroporto às duas.

— Tá bom... — disse a contragosto.

— Você tem dinheiro?

— Claro que eu tenho!

— Está bem, depois acerto com você.

— Encontro você onde?

Estava preocupada porque, embora já tivesse viajado de avião pra encontrar papai no Rio, sempre ia acompanhada de uma aeromoça, que fazia tudo por mim.

— Chegando no aeroporto, você vai até o balcão da TAM e lá faz o *check in*.

— Não querendo ser chata, mas como é que faço isso?

Parecendo impaciente, ele explicou:

— Bem, você mostra seu documento de identidade e a autorização que sua mãe deu pra viajar. Você não se esqueceu de pedir isso pra ela, não é?

— Não, não esqueci. E, depois, o que eu faço?

— É só pegar o avião, ué.

— E encontro com você no avião?

O Rodrigo ficou em silêncio.

— E aí, Rodrigo?

— Desculpa, Cris, mas a gente vai ter que sentar um longe do outro. Como disse, meu chefe vai comigo.

27
A viagem

Eu já estava nervosa e fiquei mais nervosa ainda na hora de ir pro aeroporto. Isso porque mamãe inventou de me levar até a escola. Fiquei gelada, mas procurei me controlar e, novamente fingindo calma, perguntei:

— Me levar até a escola pra quê?

— Ué, pra me despedir de você, pra ver se tudo está bem...

— Mamãe! Você está pensando que ainda estou no jardim de infância?

— Não é isso, é que...

— Não quero que você me leve na escola.

— Não quer por quê?

— Vou passar a maior vergonha. Imagine toda a galera na porta da escola, e eu chegando com você.

— Não vejo do que você teria que se envergonhar... — ela disse, parecendo ofendida. — Eu só queria te dar uma carona.

Senti pena de mamãe, ainda mais porque estava com a consciência mais do que pesada. Por isso mesmo, abracei-a, beijei-a e disse:

— Obrigada, mãe. Você é um amor. Mas preferia mesmo ir sozinha...

— Está bem, está bem, chegando em Ubatuba, não se esqueça de me ligar.

— Tudo bem. Te ligo assim que chegar.

Antes que ela mudasse de ideia, rapidamente peguei a mala e saí correndo.

No aeroporto, fui ao balcão da TAM, peguei a passagem, fiz o *check in*, sem a menor dificuldade. Mas, quando embarquei no avião, me senti a maior trouxa. O Rodrigo, quando passou por mim, acompanhado por um senhor careca que não parava de falar, me deu uma piscadinha. Ai, que ódio! Ah, como tinha sonhado com a gente viajando realmente juntos! Minha primeira viagem de avião pra uma praia maravilhosa. E começava desse jeito?

Deu uma vontade louca de chorar, mas me segurei. Não, não iria chorar. Não queria estragar as coisas. Logo a viagem de avião terminaria, e nós estaríamos juntos novamente.

Mas se soubesse o que viria depois...

Chegando em Porto Seguro, a um discreto sinal do Rodrigo, peguei um ônibus em que ele entrou com

a droga do chefe. Quando chegamos no hotel, enquanto ele preenchia a ficha no balcão, fiquei como uma tonta, sentada num canto. E, do lado dele, o chato do careca que não parava de falar. Até que o Rodrigo pediu licença e foi em direção das piscinas. Ao passar por mim, disse baixinho:

— Cris, venha comigo, por favor.

Quando ficamos sozinhos, o Rodrigo disse:

— Desculpa, Cris, mas temos que esperar meu chefe ir pro apartamento.

Ele disse isso sempre olhando pros lados, como se tivesse medo de que o vissem ali comigo. Achei aquilo simplesmente ridículo. O Rodrigo parecia um garotinho aprontando uma e temendo ser pego em flagrante.

Quando viu que o careca, afinal, entrava no elevador, ele voltou a falar:

— Vamos até o balcão conversar com o atendente. Preciso confirmar a reserva do seu quarto e assinar o termo de responsabilidade por você ser menor de idade.

— Como, "meu quarto"? Eu não vou ficar com você?

— Infelizmente, não vai dar.

— Por que não vai dar? — perguntei indignada. — Você me faz vir até aqui pra...

— Quer falar mais baixo, Cris? Você não vê...

— Não quero ver nada. Você está me fazendo de trouxa!

— Cris, por favor. Entenda a minha situação.

Olhei bem pra cara dele e disse com raiva:

— Se você quer saber, eu só quero agora entender a *minha* situação.

Depois que peguei as chaves do quarto no balcão, sem falar nada, dei-lhe as costas e fui atrás do rapaz que levava a minha mala.

28
Dor no coração

A praia era maravilhosa, o dia estava lindo e eu sentia muita fome. Mas não tinha vontade nem ânimo de fazer nada. Deitei na cama e fiquei chorando. De tardezinha, ainda desanimada, pra não ter que sair do quarto, pedi um sanduíche e um suco de laranja. Que ódio! Que ódio! Será que ele pensava que eu era uma idiota? Pois bem: eu era uma idiota!

Da minha cama, ouvia nitidamente o ruído gostoso das ondas do mar e sentia passar pelas frestas da janela o bafo quente da brisa da noite.

O coração ainda cheio de ódio, desprezei tudo aquilo que, em outra situação, teria adorado. Sentei na cama, liguei a tevê e, sem prestar atenção em nada, fiquei mudando os canais. Que chatice, meu Deus!

Depois, lembrando o que mamãe tinha pedido, liguei pra ela e, fingindo estar numa boa, disse que a pousada era legal, que na manhã de sábado, bem cedo, a gente ia até o mangue, estudar o meio ambiente.

— Tome cuidado com o sol. Você não esqueceu o protetor solar, não é?

— Não, mãe, não esqueci.

— Beba bastante líquido e...

As recomendações de mamãe só serviam pra me partir o coração. E eu que tinha mentido e continuava mentindo pra ela...

— Tá bom, mãe, tá bom — disse, procurando disfarçar minha mágoa. — Agora, deixa eu desligar, que estão me chamando pra comer.

Pus o telefone no gancho e resolvi dar uma voltinha. Vesti um *short* e saí andando descalça pela praia. As ondas vinham lamber meus pés, enquanto a brisa me desfazia o cabelo. Que gostoso! Mas me sentia muito infeliz, soluçando e engolindo minhas lágrimas.

Por que ele fazia isso comigo? Puxa vida, eu desafiava todo mundo, mentia pra mamãe, e ele não era capaz de fazer nada por mim? E, ainda por cima, me tratando daquele jeito, só por causa do medo daquele careca idiota!

Na certa, naquela hora, deveria estar jantando e puxando o saco do besta do chefe! Custava dar uma escapadinha pra me ver?

Andei, andei, andei até ficar completamente exausta. Voltei pro hotel, pedi mais um suco de laranja e um sanduíche. E eu que tinha sonhado com jantares maravilhosos ao lado do Rodrigo...

29
Pesadelo

Acordei com batidas na porta. Levantei assustada da cama.

— Sou eu, Cris — ouvi a voz do Rodrigo.

Fui até a porta e a abri. Logo que o Rodrigo entrou, reparei que alguma coisa não estava bem, porque ele tropeçou no tapete e quase caiu no chão. Ele se aprumou e disse todo atrapalhado:

— Então, gatinha... ficou me esperando? Ah, que vontade de ter você em meus braços... você, você...

— Você andou bebendo!

— Umas e outras, gata! Uns uisquezinhos...

Comecei a recuar, ao mesmo tempo que perguntava, cheia de medo:

— Que que você veio fazer aqui?

— Que que eu vim fazer? Vê se adivinha — ele disse, dando uma risada e avançando sobre mim.

Quando o Rodrigo me agarrou e tentou me beijar, senti o bafo desagradável de bebida.

— Você está bêbado!

— Que que tem? Nada que possa atrapalhar que a gente... que a gente...

E ele continuava tentando me beijar à força.

— Me larga, Rodrigo! — disse, já apavorada.

— Que largar o quê! Agora que posso ter você, não te largo mais! — ele insistiu.

— Me larga, senão eu grito!

— Pode gritar à vontade. Seu quarto fica...

Não deixei o Rodrigo terminar de falar e dei-lhe uma bofetada. Muito bêbado, ele recuou e quase caiu novamente. Equilibrando-se com dificuldade, disse, todo sem graça:

— Desculpa, Cris, eu...

Não falei nada. A ponto de explodir, fui até a porta, abri-a novamente e gritei:

— Quer fazer o favor de ir embora!

Ele veio andando, tropeçou de novo no tapete e, quando chegou diante de mim, disse de um jeito bem humilde:

— Perdão, Cris, acho que exagerei...

— Tudo bem... — disse, ainda morrendo de ódio e mordendo os lábios.

— Não vai me perdoar?

Fiquei quieta.

— Nem um beijinho de despedida?

Avancei a cabeça e beijei-o de leve.

— Cris, eu...

— Por favor, Rodrigo, vá embora! Me deixa em paz!

Ele saiu cambaleando na noite. Fechei a porta e dei duas voltas na fechadura. Voltei pra cama, deitei e recomecei a chorar. Que ódio! Que ódio!

30
Lei de Murphy

Já em casa, no domingo, de pijama, sentada à escrivaninha, escrevo em meu diário:

Nada mais certo que a Lei de Murphy: quando alguma coisa começa errada, fatalmente acaba errada.

Foi o que aconteceu com a gente em Porto Seguro. Começou errado, com o Rodrigo me obrigando a viajar sozinha, a dormir sozinha em meu quarto, e aparecendo bêbado para me ver.

Depois, quando ele tentou consertar as coisas, já era tarde.

Na noite de sábado, voltando de mais um passeio solitário na praia, encontrei meu quarto cheio de flores, uma mesa arrumada com velas e um bilhete: "Perdão, Cris, mil perdões. Me portei como um cafajeste. Mas tudo tem um jeito, né? Amar também é ser capaz de perdoar. Portanto, se me perdoar, coisa que acredito que fará, a gente se vê às dez".

Amassei o bilhete e joguei-o no lixo. Mesmo com raiva, com ódio no coração, fui me arrumar.

Já pronta, olhei-me ao espelho e não gostei do que vi. Apesar de penteada e pintada, tinha a tristeza estampada no rosto. Será que deveria perdoá-lo? Peguei o bilhete na lata de lixo e o reli. Havia sinceridade naquelas palavras? Confusa e dividida entre sentimentos contraditórios, sentei-me e fiquei à espera do Rodrigo.

Quando ele chegou (já eram quase onze horas!), além de muito bem-vestido, ainda usava aquele perfume que eu adorava. Atrás dele, entrou um garçom trazendo um carrinho com uma ceia e um balde com uma garrafa de vinho.

A longa caminhada na praia e a espera tinham me cansado, mas fiz de tudo pra mostrar que estava feliz.

— Ao nosso amor! — disse ele, me beijando e erguendo a taça de champanhe.

Depois, comemos lagosta, acompanhada de um vinho francês.

— Mais um pouquinho, Cris — ele dizia, tentando encher meu copo.

Mas recusei. Queria ficar sóbria o bastante pra saber até onde ele iria. Felizmente pra mim, o Rodrigo naquela noite se comportou muito bem. Foi gentil e carinhoso. Prometeu que as coisas seriam diferentes daí por diante.

Quando ele se foi, sem poder aguentar a tensão, chorei de novo. E, na viagem de volta, ao vê-lo sentado mais uma vez ao lado do chefe e falando animadamente, algo dentro de mim me disse que as coisas não iriam ser diferentes.

O coração cheio de amargura, fiquei pensando sobre aquela maldita Lei de Murphy. Realmente, o que tinha começado errado tinha que terminar errado.

Senti então um sobressalto: será que a lei também iria se aplicar a todo o nosso amor?

31
Frustração

E assim, depois da enorme frustração da viagem para Porto Seguro, minha vida voltou a uma triste rotina. Digo triste rotina porque vivia angustiada, perdida. Num determinado momento, pensei seriamente em romper com o Rodrigo. Mas foi tomar essa decisão e fiquei em dúvida, achando que estava sendo precipitada e que as coisas podiam melhorar. Talvez estivesse sendo injusta com ele e comigo.

Desse modo, ia adiando, adiando.

Sem contar que, às vezes, por um motivo qualquer, a gente parecia recuperar um pouco da paixão do começo. Ele então se mostrava tão carinhoso que eu voltava a me sentir feliz.

Eu havia emagrecido, pois comia pouco e dormia mal. Tinha noites de insônia, em que ficava me revirando sem parar na cama. Oh, como eu gostaria de tê-lo a meu lado naqueles momentos... Mas pensar nisso me fazia um mal danado, pois via o Rodrigo na casa dele, dormindo ao lado da mulher. Da mulher que dizia não amar, mas de quem não podia (ou não queria?) se separar. Que ódio! Que ódio!

Mamãe, reparando na minha tristeza, quis que eu fosse consultar o doutor Demétrio:

— Estou achando você muito magra, Cris. Quem sabe não precisa dumas vitaminas?

— Tá bem, mãe, tá bem, vamos ao médico.

Ela me levou no doutor Demétrio, que disse apenas que eu devia estar com estresse. Por isso mesmo, me recomendou repouso, me receitou um monte de vitaminas, um regime alimentar especial.

Mas o meu mal era outro e, desse mal, não podia falar a ninguém. Isso porque, nas poucas vezes em que estava com o Rodrigo, queria aproveitar o momento e, desse modo, evitava conversar sobre nossos problemas. Além disso, eu tinha me distanciado muito de minhas amigas, principalmente da Regina. Sem contar que não teria ânimo, coragem, de me abrir com ela, de falar da minha angústia.

Eu sabia que isso era injusto, que a Regina era legal e que talvez pudesse me ajudar. Mas será que ela podia me ajudar mesmo?

E mamãe? Mamãe andava nas nuvens com o namorado que tinha arrumado depois de muitos anos. Era um colega de trabalho, o Saul, também separado da mulher. Parecia que mamãe estava apaixonada.

Quando ela me apresentou o Saul, gostei dele. Era um homem um pouco mais velho que papai. Não gostava muito de falar, o que, de minha parte, achei bom. Quando jantamos juntos pela primeira vez, entusiasmada, mamãe falou sem parar, e ele e eu quietos, só escutando ou fingindo que escutávamos.

Então, não dava pra me abrir com mamãe. Eu me sentia feliz por ela estar numa boa, mas não tinha vontade de explicar o que não podia. Como dizer a ela que estava namorando um homem muito mais velho que eu e, ainda por cima, casado?

Como explicar que eu não sabia o que queria e que era infeliz exatamente por isso? Não, não dava pra falar com mamãe. E, com papai, muito menos ainda. Nas poucas vezes em que falava com ele, nossas conversas, geralmente ao telefone, eram sempre muito curtas:

— Oi, pai.

— Oi, querida, como vai você?

— Tudo bem.

— E a escola?

— Vai indo bem.

— Você precisa de alguma coisa?

— Obrigada, pai. Só liguei pra saber como você está.

Se não tinha coragem de me abrir com mamãe, teria coragem de me abrir com papai? Normalmente, eu não era muito de contar as coisas pra ele. E imagine agora, sem mais nem essa, contando que estava namorando um homem casado, mais velho do que eu etc. etc.? Nem sonhando!

Falar com quem então? Pensei com tristeza que eu tinha só a mim mesma pra desabafar. E considerando minha situação, isso, definitivamente, era muito pouco.

32
Nuvens negras no horizonte

Mas a angústia atingiu um ponto insuportável quando, pra piorar ainda mais as coisas, minha menstruação atrasou. Eu funcionava como um reloginho: a cada vinte e oito dias, ficava menstruada.

Era o fim da segunda semana de novembro, mas, ao contrário do que devia acontecer, a menstruação não veio. Esperei uma semana, e nada. No início da outra semana, comecei a sentir tonturas, e só o fato de abrir a geladeira me dava ânsia de vômito. Entrei em pânico.

Sem dizer nada pra mamãe, fui na doutora Sandra. Quando ela me viu, me abraçou, me beijou e perguntou:

— Ué, a mamãe não veio junto desta vez?

— Ela está muito ocupada...

— Então, vamos lá...

Depois de me examinar, ela disse, tirando as luvas:

— Meu bem, seu útero está bastante aumentado. Sinal de que...

— ...estou grávida — completei com a voz sumida.

— Quase com certeza, mas não devemos ser precipitadas — ela disse, sentando-se na escrivaninha. — Pra gente ter certeza absoluta, querida, você vai fazer um exame de sangue e uma ultrassonografia. Quando tiver os resultados, você volta aqui. E, aí, a gente vê o que faz.

Saí do consultório com o coração na mão. Grávida! Só me faltava isso. Mas como, se a gente só transava de camisinha? Não, não podia ser, concluía com desespero.

Pensei em passar numa farmácia e comprar um teste de gravidez. Assim, já ficava sabendo do resultado sem ter que fazer aqueles exames todos. Mas me deu um branco, um medo, e não entrei na farmácia.

Depois, comecei a pensar que poderia ser uma espécie de gravidez psicológica. Não era comum às vezes as mulheres terem falsos sinais de gravidez? Eu tinha lido uma reportagem sobre isso numa dessas revistas femininas. Muitas mulheres, por qualquer tipo de carência, segundo o artigo, costumavam ter falsos sinais de gravidez. Quem sabe não fosse o meu caso? Era o meu caso, tinha certeza.

Mesmo me apegando a essa tal da "gravidez psicológica", como se fosse uma tábua de salvação, passei uns dias na maior angústia. Isso porque as ânsias, os enjoos, continuavam cada vez piores. Não suportava o cheiro de comida, não sentia vontade de fazer nada.

Quando saíram os resultados, hesitei muito antes de ir à doutora Sandra. Queria continuar acreditando que aquilo tudo não passava dos sinais de uma falsa gravidez. Assim, tive de reunir toda a minha coragem para enfrentar a situação.

— Agora, posso dizer com toda a certeza: você está grávida — disse a doutora Sandra, depois de consultar os exames.

Foi aí que perdi todo o meu controle e comecei a chorar.

— Mas... mas o que é isso, meu bem? — ela me abraçou. — O mundo não vai acabar só porque você está grávida.

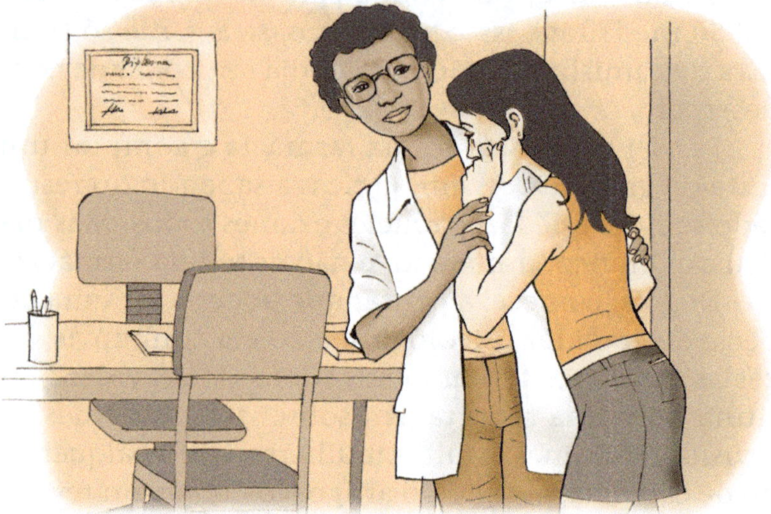

Pra mim, ia acabar, eu tinha certeza. Por isso, não parava de chorar. Grávida! E grávida do Rodrigo. Eu já adivinhava tudo o que vinha pela frente. As nuvens negras que se formavam em meu céu! Grávida! Era a Lei de Murphy mais uma vez se confirmando.

Assoei-me com os lenços de papel que a doutora Sandra foi me passando.

— Muito bem, querida — disse ela, voltando à escrivaninha. — Temos que pensar agora em sua saúde e, sobretudo, na saúde do bebê. Vamos ver: você vai tomar umas vitaminas à base de ferro...

Eu olhava pra ela como se não entendesse o que realmente estava se passando comigo, como se não entendesse nada do que ela dizia.

— Pra começar, coma muita verdura, legumes, frutas. Evite pães e massas, meu bem. Senão, não recupera o corpinho que tem agora!

Comer? Eu, que não estava suportando o cheiro de comida?!

Ela me estendeu o papel com as receitas, que peguei mecanicamente.

— Você volta no próximo mês, pra gente começar o pré-natal.

Levantei e, na saída, disse toda sem jeito:

— Você não vai contar pra mamãe, né?

— Como assim?

— Contar que estou grávida.

Ela parou de sorrir.

— Ora, quem tem que contar é você e não eu.

Ela me abraçou, me beijou e disse:

— Vê lá o que vai fazer, hein? Muito juízo. Quero você aqui no mês que vem.

33
Uma questão de caráter

Cheguei em casa e, ao contrário do que dissera a doutora Sandra, era como se realmente o mundo tivesse acabado. Só porque eu estava grávida. E, agora, o que seria de mim? Como enfrentar o fato de que ia ser mãe, sem estar casada, sem estar preparada pra isso?

Deitei de bruços na cama e chorei até me arderem os olhos. Me sentia como se estivesse sendo castigada pelo que tinha feito. Como havia sido leviana, me deixando levar por aquela paixão cega! O resultado estava aí: grávida, sem ao menos ter terminado o colégio, e, além de tudo, de um homem casado! Via um futuro negro, sem esperanças. O que seria de mim?

Quando esgotei minha capacidade de chorar, me acalmei um pouco. Eu não podia ficar passiva daquele jeito. Alguma coisa tinha que fazer. E a primeira coisa era conversar com o Rodrigo.

Peguei o telefone e liguei pra ele. Me disseram que estava no meio de uma reunião. Impaciente, disquei o número do celular dele.

— Oi, Rodrigo, preciso falar com você.

— Não pode ligar mais tarde? Estou no meio de uma...

— Preciso falar com você agora! É urgente! E não queria falar por telefone — disse com irritação.

— Um instante...

Escutei o Rodrigo conversar com alguém e, em seguida, ele voltou a dizer:

— Já que você não quer falar por telefone, a gente se encontra no apartamento. Dá pra você ir na frente, que eu chego logo depois? Pega a chave com o porteiro.

Sem responder, desliguei o telefone, me arrumei rapidamente e fui pro apartamento. Chegando lá, sentei e fiquei esperando. O tempo parecia não passar, e minha angústia crescia, sobretudo quando pensava em como dar a notícia ao Rodrigo.

Eu me sentia sufocar. Levantei-me, fui até uma das janelas, abri-a e respirei fundo. Voltei a sentar e fiquei observando o apartamento, que mais do que nunca me pareceu feio, com a tinta do teto começando a descascar, velhas gravuras nas paredes, o carpete todo manchado. Coisa engraçada: antes, eu nunca havia reparado nesses detalhes.

Outra coisa que naquele momento me ocupou o pensamento: se o Rodrigo mantinha aquele apartamento era porque, de tempos em tempos, tinha um romance. Tola eu, que, cega pela paixão, não havia percebido isso! Entrando na dele, esquecendo meus princípios, bebendo e fumando...

A constatação da feiura do apartamento e do comportamento de Rodrigo só fez aumentar meu sofrimento. Oh, como eu era infeliz! Como tinha entrado naquilo, sem perceber que...

A porta se abriu, e o Rodrigo, com a expressão bastante preocupada, entrou. Me beijando rapidamente, foi logo perguntando:

— O que foi, Cris?

Esquecendo todo o discurso que havia preparado, disse simplesmente:

— Estou grávida.

Ele empalideceu, franziu o cenho e perguntou:

— Como assim?

— Como assim?! — disse, irritada. — Estou grávida.

O Rodrigo sentou-se.

— Você tem certeza?

— Absoluta. Vim da ginecologista.

— Mas como pode ser? — ele comentou, com raiva. — A gente sempre transou com camisinha...

Ele então me olhou de um modo estranho e disse:

— Só se você...

Interpretei na hora o que ele estava insinuando e, cheia de indignação, me levantei e gritei:

— Rodrigo! Se quer saber, a única pessoa com quem transei até agora foi você! E mais ninguém!

Ele deu um sorriso todo sem graça.

— Calma, Cris, calma. Eu não estava insinuando nada...

— É bom mesmo. Eu te odiaria muito se pensasse que saí com outra pessoa!

Fiquei de costas pra ele, remoendo minha raiva.

— Pode ser então que uma camisinha tenha rasgado... — ele disse, como se falasse pra si mesmo, e depois completou num tom mais enérgico: — Bem, precisamos tomar nossas providências.

Virei-me e vi que o Rodrigo estava consultando uma agenda telefônica.

— O que você está fazendo?

— Um amigo meu tem uma clínica e...

— Clínica? Clínica pra quê?

Ele não disse nada, e ficou me olhando com uma cara de tonto.

— Você está querendo que eu faça um aborto?! — perguntei, já sabendo a resposta.

E então, com o maior cinismo, ele disse uma coisa que me deixou fora de mim de vez:

— Você não vai querer estragar esse seu corpinho, né?

O sangue me subiu à cabeça e eu gritei:

— Seu canalha!

Ele se levantou e disse pausadamente:

— Não sou canalha, sou realista. Não posso ter esse filho. Não estou em condições. E muito menos você, pelo que eu saiba... Por isso mesmo, será melhor pra nós dois que a gente se livre dele.

Ao ouvi-lo falar de maneira tão fria de um assunto tão grave, me certifiquei de uma coisa sobre a qual já vinha refletindo e que não tinha coragem de aceitar: o Rodrigo parecia não ter caráter. Egoísta, só pensava nele, nas conveniências dele. Ele havia me usado, fazendo de mim apenas uma coisa pro seu prazer.

Procurando conter minhas emoções, foi o que lhe disse, de um modo frio, desapaixonado. Em resposta, ele deu de ombros.

— Tudo bem, se você acha isso de mim...

E concluiu num tom cínico, me olhando de alto a baixo:

— Quanto a mim, sempre tive você em grande conceito...

O meu ódio por ele atingiu um ponto insuportável, mas não disse nada, porque se dissesse... Então, sem conseguir me conter, comecei a soluçar. Ele pareceu se tocar e tentou me abraçar.

— Não chora, gata, a gente vai dar um jeito nisso...

Desvencilhei-me dele.

— Não quero nada do seu jeito!

Ficamos em silêncio por algum tempo.

— É o que tenho pra lhe oferecer — ele disse, novamente daquele modo duro, frio. — Se você não está a fim, não posso fazer mais nada.

— Como desconfiava, não podia mesmo esperar muito de você. Portanto, dispenso esse tipo de oferta.

Virei as costas pra ir embora, e ele então me disse:

— Cris, um instante.

Voltei-me e vi que ele tinha voltado a sentar e estava escrevendo alguma coisa.

— Embora, na sua opinião, eu seja um canalha — ele disse daquele modo cínico, se levantando e vindo em minha direção —, ainda acredito que tenha certas qualidades. Entre elas, a de não deixar uma garota bonita à própria sorte.

Ele me deu um cheque.

— Certamente você vai ter algumas despesas...

Cheia de raiva, sem refletir, rasguei o cheque em pedacinhos e joguei na cara dele.

— Se quer saber minha opinião completa sobre você, posso dizer agora: além de canalha, você não tem nenhum caráter!

Virei as costas e saí batendo a porta com força.

34

E agora, Cristina?

Saí na rua na pior. Como havia sido idiota! Uma completa imbecil, admirando a sua beleza, entrando na conversa dele e ficando cega pra todos os seus defeitos.

Sem poder me conter, comecei a soluçar.

— Cara nojento! Seu canalha! — dizia em voz alta, pra espanto das pessoas que passavam na rua.

E agora, Cristina? O que ia ser de mim, que não podia contar nem mesmo com a ajuda dele?

Voltei pra casa, caí sobre o sofá e voltei a chorar. Me sentia só, desamparada. Que miséria, meu Deus! O que seria de mim?

Fui ao quarto, sentei-me à escrivaninha, abri meu diário e comecei a escrever febrilmente, sem refletir sobre o que escrevia:

O Rodrigo, afinal, revelou uma face desconhecida para mim, ou eu, muito tola, cega por minha paixão, não consegui desconfiar quem realmente ele era?

Ah, por que fui me entregar a ele, assim totalmente desarmada? Por que fui me deixar aprisionar por um amor tão intenso?

Não, não posso me arrepender de ter me entregado à paixão. Só posso me arrepender de ter visto nele um deus.

O Rodrigo é um deus de barro, um belo vaso que se quebrou, e não há como juntar os cacos.

E para que preciso de cacos? Também não estou eu em cacos?

Fechei o diário porque não conseguia mais escrever. Eram palavras bonitas, mas que não aliviavam meu sofrimento.

Naquela noite, não pude dormir direito. Ora tinha pesadelos horríveis, em que me via sangrando e perdendo o bebê, ora me via sendo motivo de riso de toda a escola. Acordava e me punha a chorar.

* * *

No outro dia, na escola, nem assisti direito às aulas, e todo mundo pareceu reparar que eu não estava bem. A professora de matemática chegou inclusive a sugerir que eu fosse pra casa. Mas não queria ficar em casa remoendo sozinha meu sofrimento.

Na saída da escola, a Regina veio atrás de mim e perguntou:

— Cris, que que foi que aconteceu?

Olhei pra ela e senti uma vontade imensa de desabafar, mas não tive coragem.

— Nada, não, só uma enxaqueca...

Ela me pegou a mão e disse:

— Cris, você ainda continua a ser minha melhor amiga. Se não quiser falar comigo agora, tudo bem, mas sabe que, se precisar de mim...

Abracei-a e, procurando conter o choro, disse:

— Eu sei disso, Rê, eu sei disso. Uma hora dessas, a gente conversa.

Em casa, dormi um pouco à tarde. Quando acordei, tentei comer alguma coisa, mas foi só sentir o cheiro de comida logo veio a ânsia de vômito.

Aí me baixou o desespero. E se o Rodrigo tivesse mesmo razão? Como é que eu iria ter aquela criança sem ser casada? Fosse ou não fosse um canalha, ele, pelo menos, tinha tentado ajudar.

Sem refletir no que estava fazendo, peguei o telefone e liguei pro celular dele, mas, quando o Rodrigo atendeu, algo dentro de mim impediu que dissesse qualquer coisa. Ouvi então um palavrão, e ele desligou. Mas, não demorou muito, o telefone tocou.

— Cris, você me ligou?

Fiquei quieta.

— Alô, é a Cris?

Caí em mim. Eu não podia voltar atrás! Eu não podia!

— Só queria dizer... só queria dizer que você é mesmo um canalha! — gritei, com o coração carregado de ódio.

E bati o telefone.

Só me restava agora me abrir com mamãe. Por mais que isso fosse penoso, ela ainda era minha mãe, e eu tinha certeza de que dela poderia esperar ajuda.

35
Conversando com mamãe

Mas tomar a decisão de falar com ela não foi nada fácil. Ensaiei não sei quantas vezes o que tinha pra dizer. E sempre me sentia como uma idiota, uma tonta. No fundo mesmo, queria que aquilo tudo não passasse de um pesadelo do qual, de repente, acordaria.

E, pra aumentar ainda mais meu desespero, mamãe custou a chegar. Só aí me lembrei de que ela tinha dito que iria até o *shopping* fazer compras com o namorado. Mamãe chegou perto das dez, carregada de pacotes e reclamando:

— Nunca mais vou com o Saul ao *shopping*. Que coisa! Não tem a menor paciência...

— Mamãe... — comecei a dizer.

Ela se virou e disse:

— Você não quer ver a blusinha que eu...?

Mas, ao olhar pra minha cara, ela não concluiu o que ia dizer, franziu a testa e perguntou, preocupada:

— O que você tem, Cris? Aconteceu alguma coisa?

— Mamãe, preciso falar com você.

Ela tornou a perguntar:

— O que aconteceu? É alguma coisa séria?

Ia dizer que era uma coisa séria, muito séria, mas disse simplesmente:

— Estou grávida, mamãe.

Ela ficou me olhando espantada, piscando os olhos.

— Grávida?!

Mamãe caiu sentada no sofá, derrubando os pacotes no chão, e me perguntou com a voz trêmula:

— Você... você tem certeza disso?

— Absoluta, estive na doutora Sandra.

— Meu Deus do céu! Mas você, você...

De repente, sem mais nem essa, ela se levantou, foi até o telefone e disse:

— Me passa o número.

— Que número? — perguntei, espantada.

— Do seu namorado, o tal do Renato, ou melhor, dos pais dele. Vamos acertar a situação já, já. — Ela dizia aquilo muito aflita, de um jeito totalmente estabanado.

Embora a situação fosse grave, não sei por que me deu vontade de rir. Mesmo assim, me segurei e, como se tivesse a maior calma do mundo, disse:

— Mãe, não existe nenhum Renato.

Ela voltou-se pra mim e perguntou, indignada:

— Como não existe?! Não é dele o filho?

— Não, mãe — expliquei com má vontade. — Nunca estive namorando nenhum Renato.

— Então, você mentiu pra mim!

Se ela soubesse como era difícil ficar explicando aquela história idiota...

— Menti, mãe.

Ela voltou a sentar-se do meu lado.

— Bem, não vou perder meu tempo pedindo pra você dizer por que mentiu pra mim. Temos coisas mais importantes pra acertar.

Mamãe respirou fundo e perguntou:

— Sem mentir, diga pra mim agora: quem é o pai da criança?

— Prefiro não dizer.

— Como não vai dizer?! — ela gritou. — Você tem que me dizer!

Não aguentei mais a tensão e comecei a chorar. Abracei-a e, sempre chorando, falei:

— Mãe, por favor! Não fica me perguntando isso! Não quero falar, já disse. Pelo amor de Deus, mãe! Só tenho você, preciso de você!

Mamãe, assustada, pareceu cair em si. Também começou a chorar, me beijou e disse:

— Tá bem, meu amor. Não precisa falar. Depois, a gente conversa sobre isso.

Ficamos um tempão abraçadas. Ao contato do corpo de mamãe, ao sentir o calor dela, fui me acalmando. Sobretudo porque, depois de finalmente contar que estava grávida, sentia que havia tirado um peso enorme de cima de mim. Afinal, tinha certeza de que com ela podia contar. Definitivamente.

— Quer que lhe traga um copo de água com açúcar? — ela me perguntou, enquanto me afagava os cabelos e me beijava na testa.

Os olhos molhados, balancei a cabeça dizendo que sim.

— Precisamos falar com seu pai — ela voltava com o copo d'água.

— Mãe... você fala com ele?

Ela hesitou um pouco e depois disse:

— Não será uma coisa muito boa, mas pode deixar que eu falo.

36
Uma séria discussão

No outro dia, à noite, papai apareceu em casa. Ele parecia muito nervoso. Quando abri a porta, me beijou apressadamente e, evitando me olhar, apenas perguntou:

— Sua mãe?

— Ela já chega.

Sentamos na sala, e ele continuava a não olhar pra mim. Me senti muito constrangida com a situação. Como papai não me dissesse nada, era como se estivesse silenciosamente me acusando. Por isso mesmo, desconfiava que nossa pequena reunião seria muito difícil.

Até que ele quebrou o silêncio, me falando de um jeito meio brusco:

— Sua mãe contou que você teima em não contar quem é o pai da criança... Sou seu pai, você é menor de idade. Tenho, pelo menos, o direito de saber quem foi...

Não disse nada, e ele insistiu:

— Como é? Vai ficar calada?

Sem poder me conter, comecei a chorar silenciosamente. Ele pareceu ficar assustado, aproximou-se de mim, me abraçou e disse:

— Cris, meu amor. Não chore. Você não sabe como é difícil pra gente aguentar essa situação assim, sem nenhuma explicação sua... Se você...

Quando ele ia completar a frase, mamãe entrou e, parecendo surpresa com a presença dele ali, disse:

— Olá, Evandro. Você por aqui?

— Precisamos conversar — ele respondeu secamente.

Mamãe sentou-se, e ele começou a falar de um modo apressado, nervoso:

— O que eu queria dizer, e você não me deixou dizer ao telefone, é que eu acho esta situação um absurdo! Deixei a guarda da Cris com você, com a condição que cuidasse bem dela. Eu...

— Evandro, está insinuando que não cuidei bem da Cristina?!

— Não estou insinuando nada! Estou afirmando!

— Como não cuidei bem dela? — mamãe perguntou, cheia de indignação.

— Não cuidou! Não cuidou! Eu viro as costas, e ela me aparece grávida?!

Mamãe se levantou e disse com raiva:

— Então, eu é que sou a culpada de tudo?! Se quer saber a verdade, você é que é o culpado. Nunca esteve presente e sempre foi um pai omisso. Nunca quis saber como ia a saúde dela...

— Espera aí um momento. Não estava sempre presente, por razões óbvias, mas você não pode me acusar de pai omisso. Isso é calúnia.

De repente, comecei a achar tão engraçada a cena que não pude deixar de rir. Ri, e ri tanto que as lágrimas me saíram dos olhos. Papai e mamãe então olharam muito espantados pra mim.

— Vocês não acham que está na hora de a gente conversar como gente civilizada? — eu disse, parando de rir. — Pô, estou grávida e pronto! E, se querem saber, a única culpada por isso sou eu.

— Cris, meu bem... — papai começou a falar.

— Deixa disso, pai — interrompi-o, sabendo o que ele ia dizer. — Não sou mais a "piquinininha do papai", não sou mais criança.

E, de repente, uma outra Cristina começou a falar por mim, como se, num espaço muito curto de tempo, eu tivesse amadurecido:

— Se vocês querem saber, me meti nessa como uma idiota, sou uma completa idiota, e acabou. O que aconteceu aconteceu. O negócio agora é tocar pra frente.

Os dois ficaram me olhando com a boca aberta, como se não acreditassem no que estavam ouvindo.

— O que preciso mesmo é do apoio de vocês. Só isso. Como é que vou ter tranquilidade pra ter o bebê, se vocês não se entendem e ficam brigando? Tenham a santa paciência!

Só sei que minha bronca deu certo. Pouco depois, a gente conversava numa boa. Mamãe inclusive convidou o velho pra jantar. Ele prontamente aceitou e, durante a janta, discutiram como "gente civilizada" tudo o que havia que fazer.

E que, para falar a verdade, não era muito: me apoiar e me ajudar em tudo que eu precisasse, comprar o enxoval da criança, reformar meu quarto, comprar novos móveis, etc., etc.

Quando papai ia sair, me abraçou demoradamente e disse com lágrimas nos olhos:

— Se quer saber, você cresceu, está uma moça, mas, lá no fundo, continua a ser a minha "piquinininha"...

E depois ele perguntou:

— E quando é que vai nascer o garotão?

— Pode ser uma garotinha — mamãe se apressou a consertar.

— Tanto faz — disse ele todo orgulhoso —, menino ou menina. Então me diz: pra quando é o bebê do vovô?

— Acho que julho...

Ele então se voltou pra mamãe:

— Se você quiser começar a reformar o quarto da Cris, já pode ir fazendo o orçamento. Compre o que há de melhor. Faço questão. Nosso netinho merece!

Ele me fez um último carinho e disse:

— E nossa piquinininha aqui também merece!

37
Regina, sempre Regina

Depois de falar com mamãe e papai, decidi conversar com a Regina. Puxa vida, ela era minha melhor amiga. A gente, por minha culpa exclusiva, tinha se afastado tanto nos últimos meses... E eu sabia que ela podia também me ajudar. No quê, não sabia, mas, como ela era leal e sincera como ninguém, tinha certeza de que não me deixaria sozinha numa situação como aquela.

— Então, ele não quis assumir...? Que bandido, hein? — ela exclamou admirada, quando resumi tudo o que tinha acontecido comigo nos últimos tempos.

— O Rodrigo é um canalha, um desqualificado — disse com indignação.

Ela refletiu um pouco e depois observou:

— Mas, se você quer saber, é melhor assim. Antes só que mal acompanhada. Já pensou se o cara assumisse o bebê e depois tivesse má influência sobre ele? Isola — ela concluiu, fazendo "toc-toc-toc" na madeira do banco em que a gente estava sentada.

Não pude deixar de rir do jeito engraçado dela.

— Você tem razão: antes só que mal acompanhada...

— Mas você teve mesmo a coragem de rasgar o cheque e jogar os pedacinhos na cara dele?

— Devia ter é metido a mão na cara dele — disse, ao me lembrar da cena. — Aquele cafajeste não merecia outra coisa. Se eu fosse a Kátia...

Caímos na gargalhada, comentando os estragos que nossa amiga poderia ter feito no lindo rosto do Rodrigo.

Depois, retomando a seriedade, a Regina, passando a mão carinhosamente sobre a minha barriga, observou:

— Deixa pra lá, Cris. Não vale a pena a gente gastar saliva com esse cara. Temos que pensar no futuro!

— Rê...

— O que é?

Abracei-a.

— Eu queria te pedir perdão.

— Perdão de quê? — ela franziu o rosto.

— Ah, fui injusta, ingrata com você. Quando acreditei que estava feliz, deixei todos que amava de lado. Só pensava em mim e mais ninguém. Me afastei de você. E veja no que deu...

Ela ia falar alguma coisa, mas fui adiante:

— Se você não fosse a pessoa mais generosa do mundo, se fosse tão egoísta quanto eu...

— Cris, para de falar isso, senão começo a chorar — ela me interrompeu. — Você sabe que eu sou como manteiga derretida.

A Regina enxugou as lágrimas que começavam a escorrer e disse:

— Você deve parar de se culpar de tudo. Quando se sentia feliz, queria só curtir a felicidade, né? Qual o problema que a gente seja um pouquinho egoísta quando está na maior felicidade? Não sei se eu não faria a mesma coisa que você.

Peguei as mãos da Regina, olhei bem no fundo dos olhos dela e disse:

— Rê, se eu te convidasse pra ser a madrinha do bebê, você aceitava?

— Eu?! Você tá falando sério?

Ela se levantou, começou a dançar e a bater palmas:

— Puxa! Que legal! Já pensou, com minha afilhada no colo? Ou com meu afilhado? Fazendo ele dormir? Brincando de carrinho ou de boneca com o bebê?!

Ela correu a meu encontro, me lascou um monte de beijos e disse:

— Até já vou mandar fazer o vestido pro batizado.

E o bebê nem tinha se formado direito ainda...

Pela primeira vez, em muitos dias de tanta tristeza, eu tinha meu primeiro instante de plena felicidade.

38
Mais uma revelação surpreendente

Não foi só a Regina que ficou doida com o bebê que ainda mal tinha se formado. Papai e mamãe não perderam tempo e, logo, uma equipe de decoradores chegou, trazendo rolos de papel de parede, luminárias, cortinas, móveis, etc. Com isso, fui "despojada" de meu quarto e obrigada a dormir na sala...

Sem contar que mamãe passava seu tempo livre preparando a longa lista do enxoval, calculando a quantidade de pacotes de fraldas, de lençóis, cobertores, fronhas, etc.

E não tinha dia que não voltasse do *shopping* com uma novidade, um chocalho, um ursinho de pelúcia...

— Veja, Cris, que gracinha!

Eu, que seria a mãe da criança, parecia mais desligada. Mas isso não era verdade: tanta coisa havia acontecido comigo nos últimos tempos que não conseguia pensar direito no que era mais importante. Vivia ansiosa, preocupada. Às vezes, tinha pesadelos horríveis em que me via perdendo o bebê. Nos momentos em que estava sozinha, pensava no futuro e me angustiava. Como iria estudar, escolher uma profissão, tendo um bebê pra criar?

Não bastasse isso, de vez em quando mamãe insistia em saber quem era o pai do bebê. Eu tentava desconversar, ela insistia:

— Você sabe que pode contar comigo, mas uma criança precisa ter um pai...

— Mãe, por favor...

Ela parecia ofendida por eu não confiar nela. Sabia que estava sendo injusta com mamãe, mas não tinha ânimo de revelar que o pai do bebê era o Rodrigo. Papai também, todo sem jeito, voltou a insistir, querendo saber alguma coisa. Olhava pra cara dele, ficava com pena, mas não tinha coragem de contar nada. Desanimado, ele balançava a cabeça e dizia:

— Tá bom, tá bom, mas sabe que se precisar de mim...

Eu o abraçava, beijava e dizia:

— Pode deixar, se precisar de você eu falo.

Mas, quando o assunto eram as blusinhas, as fraldas, etc., mamãe se transformava. Papai também estava entregue à nova paixão. Além de ter contratado uma loja de decoração pra reformar meu quarto, um

dia fez questão de sair comigo e com a Maria Alice pra comprar coisas pro enxoval.

Depois que demos uma volta pelas lojas, sentamos pra tomar um lanche. Foi então que fiquei sabendo de uma coisa realmente surpreendente. Papai estava eufórico naquele dia. Isso porque tinha sido promovido a vice-presidente da empresa.

— Você merece, querido! — disse a Maria Alice toda orgulhosa.

— Fiz mesmo por merecer, mas tem um detalhe. Não fosse a grande besteira que o Rodrigo fez...

Quando ele tocou no nome do Rodrigo, não pude deixar de perguntar, fingindo que não sabia quem era ele:

— Rodrigo? Que Rodrigo?

— O Rodrigo, que você conheceu no escritório. Aquele sujeito que fez umas gracinhas pra você...

— Ah, me lembro. Mas o que aconteceu com ele?

— Bem, o Rodrigo tinha tudo pra ser o novo vice-presidente, mas, como pisou na bola, ele...

— Pisou na bola? — perguntei, o coração batendo apressado no peito.

— Bem, foi feita uma auditoria na empresa e descobriram que o Rodrigo estava desviando dinheiro...

Papai balançou a cabeça.

— E parece que desviou uma soma considerável. Foi sumariamente despedido e está sendo processado. Onde se viu roubar da empresa e, ainda por cima, do próprio sogro?

Levei o maior susto com aquela revelação, mas, disfarçando minha emoção, disse, fingindo desinteresse:

— Ah, então, aquele cara que você me apresentou era genro do presidente da empresa...

— Isso mesmo, ele é casado com uma das filhas do doutor Macedo. Um rapaz muito talentoso, inteligente como ele só. Mas, fazendo essa tolice, jogou o futuro pela janela.

Papai deu de ombros e completou, balançando a cabeça:

— Também, só usando roupa de grife, trocando de carro todo ano... Sem contar que, além de viver dando em cima das secretárias, ainda diziam que andava metido com mulheres por aí...

Senti meu coração gelar dentro do peito. Sorte que ninguém percebeu meu embaraço, porque a Maria Alice abraçou papai e disse, toda orgulhosa:

— Ainda bem que você é uma pessoa de caráter, não é, querido? Hoje, posso dizer que namoro um vice-presidente de empresa, né?

Naquele dia, voltei pra casa na pior. Como é que podia ter amado um cara como o Rodrigo? Sua falta de caráter me deixava realmente indignada. Ele tinha traído a confiança da mulher, do sogro e, principalmente, a minha.

Mas o que mais me doía era ter me deixado enrolar por ele. Como tinha sido idiota! Não estava tudo tão claro, tão evidente? Acontece que eu talvez não quisesse enxergar. Talvez quisesse mesmo ser enganada.

Ah, Cris, como você foi tola! Como você *é* tola!

Mas uma coisa era certa. Não fazia mesmo questão que ele assumisse o nosso filho, o *meu* filho. Ele era meu, só meu, e eu o criaria, ensinando-o a ser uma pessoa decente.

39
Umas férias e um retorno atribulado

Quando as férias chegaram, com exceção da Regina, ninguém sabia na escola que eu estava grávida. Desse modo, hesitei bastante se devia continuar no semestre seguinte no Agostiniano. Mamãe, querendo me preservar, achava que eu devia mudar de escola. Depois de refletir bastante, tomei minha decisão:

— Mamãe, prefiro não mudar de escola. Em primeiro lugar, porque logo vão descobrir que estou grávida. Em segundo lugar, porque não fiz nada de errado.

— Sei disso, minha querida, mas você sabe como são as pessoas...

— Por isso mesmo, mamãe. As pessoas têm que aprender a respeitar as outras, mas, antes, eu mesma preciso me dar ao respeito. Se vou embora da escola, é como se estivesse escondendo alguma coisa...

Fiz esse discurso bonito, mas, no fundo, estava muito preocupada e com medo. Só de me lembrar do sorriso sarcástico da Valéria, do Alê, da Vânia, colegas que desprezava do fundo do coração... O que não diriam de mim? E tinha certeza de que viriam com tudo, sobretudo depois que tinha passado a namorar o Deco e que me havia exibido ao lado do Rodrigo na porta da escola.

Na verdade, sentia remorsos por ter feito aquilo. Como eu tinha sido tola! Minha vaidade infantil havia provocado um ódio maior nos colegas. Eu sabia que iria pagar por aquilo.

Desse modo, embora tivesse passado as férias de janeiro num lugar muito bonito (mamãe havia alugado um chalé em Ilhabela), não houve um dia que não ficasse pensando, angustiada, no que me esperava na volta às aulas.

* * *

No fim de janeiro, quando regressamos a São Paulo, havia engordado alguns quilos e minha barriga já se fazia notar, a ponto de provocar os olhares curiosos dos vizinhos. Dona Matilde, a fofoqueira maior, não tirava os olhos de mim. Um dia, ao me encontrar no saguão do prédio, me perguntou:

— Pra quando vai ser o casamento?

Se ela tivesse me perguntado quando iria nascer o bebê, juro que ficaria menos ofendida. Mas, como ela perguntou uma coisa que era pra ser transformada em pura fofoca, fingi inocência e respondi com a cara mais deslavada do mundo:

— Casamento? Casamento de quem, dona Matilde?

— Ué, o seu. De quem mais poderia ser?

— Meu? Mas por que a senhora acha que vou ou que deveria me casar?

Ela me fitou severamente e disse com indignação:

— Por causa desse seu estado.

— Que estado? O de São Paulo? — dei uma risada e fui saindo do prédio.

Às minhas costas, ainda a escutei murmurando com desprezo:

— É uma desavergonhada mesmo...

No primeiro dia de aula, portanto, minha angústia chegou a um ponto quase intolerável. Pensei em faltar, em chegar atrasada, mas isso só iria adiar o problema. Enquanto andava pela rua, só de pensar no que diriam a Valéria e sua turminha eu ficava com as mãos frias, com a garganta seca. Minhas pernas não paravam de tremer.

— Deixa de ser tonta, Cris! — disse pra mim mesma. — Não foi você que não quis mudar de escola? Agora, aguenta as consequências!

E, com esse pensamento, apressei o passo. Eu não chegaria atrasada, eu iria conversar normalmente com minhas amigas, eu iria assistir às aulas como se nada tivesse acontecido, eu iria enfrentar aquela gente. Eu era a Cris, a Cristina. Depois de tudo por que tinha passado, não teria por que sentir medo das invejosas de plantão!

40
Anjos do mal & anjos do bem

Confesso que não foi fácil. Apesar de todo o apoio da Regina, da Kátia, de outras colegas, dos professores, nos primeiros dias, quase sempre voltava pra casa chorando. Não eram só as fofocas, as gozações que tinha de aguentar. O pior de tudo mesmo era o olhar malicioso, maldoso de Valéria & Cia., os comentários que faziam quando passava por elas:

— Hum, parece que o príncipe encantado virou sapo e deixou a sapinha barriguda...

Eu fingia que não era comigo, mas aquilo doía. Por que não cuidavam da própria vida e me deixavam em paz?

Mas as coisas melhoraram do meu lado devido a dois incidentes, um provocado pela Kátia e outro pelo... bem, pelo Deco. Justo pelo Deco, que eu tinha tratado tão mal.

O primeiro deles aconteceu num dia em que faltei na aula. Acontece que tive um pequeno sangramento, e a doutora Sandra achou que eu devia ficar de repouso. No fim da tarde, a Regina foi me visitar. Quando lhe perguntei sobre a escola, ela deu um sorriso e disse:

— Ih, você nem sabe o que a Kátia fez hoje...

— A Kátia?!

— Ela quase bateu na Vânia...

Ante o meu ar de interrogação, ela se apressou a contar:

— A Vânia estava fazendo umas fofocas sobre você no pátio, quando a Kátia, como se fosse sem querer, deu um esbarrão tão forte nela que a jogou de pernas abertas em cima dos sacos de lixo.

Comecei a rir, pensando na cena.

— Quando a Vânia se levantou limpando-se da sujeira e reclamou, dizendo: "Sua estúpida, imbecil. Veja por onde anda", a Kátia respondeu: "Da próxima vez, vai levar uma porrada no focinho!" — disse a Regina, dando uma gargalhada.

— Já imaginou a Kátia com aqueles brações acertando a Vânia, que é um palito?

Desse dia em diante, a Vânia nem olhou mais pra mim.

Quanto ao outro incidente: um dia, num intervalo das aulas, a turma fazia uma algazarra só, quando ouvi nitidamente a Valéria dizer baixinho alguma coisa pro Alê, mas num tom que era pra eu escutar:

— Você viu a barrigudinha? Fica dando por aí...

O sangue me subiu à cabeça. Furiosa, virei pra trás, mas, antes que fizesse ou dissesse alguma coisa, vi o Deco levantar-se de onde estava e vir na direção deles.

— Seus nojentos! — ele exclamou com raiva.

O Alê se levantou e perguntou:

— Qualé, meu? Vai querer encrespar?

— Que que foi, Deco? Tá nervosinho? — perguntou a Valéria com malícia.

O Deco, sem dizer nada, deu um soco na Valéria. O Alê avançou pra cima dele, e os dois se enrolaram, caindo no chão, derrubando carteiras. Só sei que foi o maior rebuliço. O bedel foi chamado às pressas e, enquanto a Valéria, com uma mancha roxa no ros-

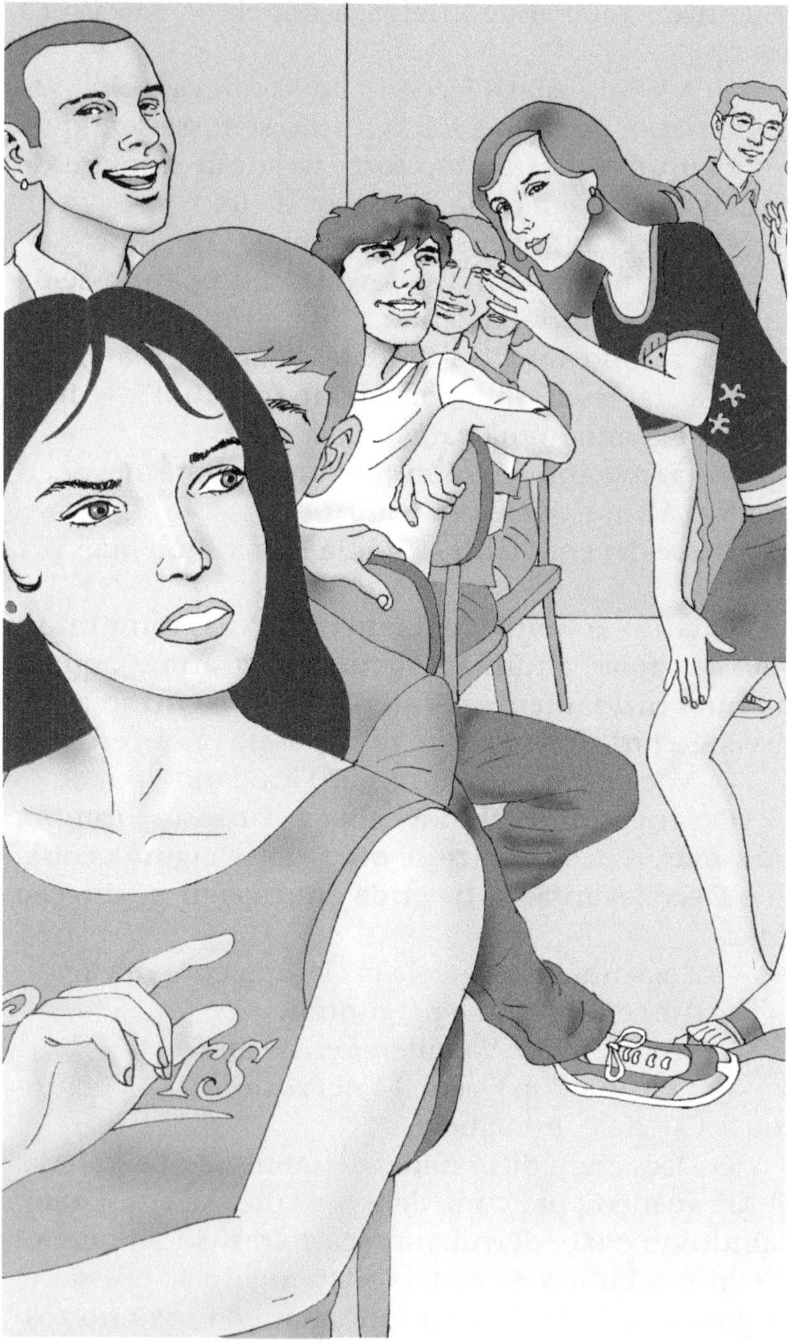

to, chorava sem parar, o Alê e o Deco foram pra diretoria.

Soube depois que o Deco foi suspenso por três dias. Mas, graças à intervenção dele, nunca mais mexeram comigo.

Por essa e por outras, eu tinha uma dívida muito grande com ele. Principalmente porque havia sido injusta e ingrata. E como pagar uma dívida dessas?

41
O cavaleiro andante

O Deco, fazendo o que fez, tentando me proteger, parecia um daqueles cavaleiros andantes da Idade Média que dedicavam a vida a proteger as damas indefesas...

Mas será possível que neste nosso mundo, onde as pessoas só pensam em si, ainda existe gente assim?

Sim, graças a Deus, existe!

Deco, quanto eu fui injusta com você! Como fui tola, idiota, leviana, imbecil! Trocar você, a sua pessoa gentil, digna, decente, pelo Rodrigo! Como fui capaz de fazer uma coisa estúpida dessas! Onde eu estava com a cabeça, pra jogar assim pela janela esse acaso maravilhoso que a vida me enviou?

Coisa incrível: mesmo depois que fiz aquela coisa vergonhosa com o Deco, ele não deixou de me amar. Não ficou com ninguém, não quis voltar com a Valéria. Sempre me seguindo com o olhar, como se dissesse silenciosamente: "Cris, estou aqui. Estarei sempre a seu lado".

Quando fiquei numa pior, ele estava sempre por perto, me olhando e como que tentando me proteger. Mas, de vergonha, não olhava pra ele. Não achava justo. Não, não achava mesmo. Ainda mais depois que o havia humilhado.

E, como um cavaleiro andante, batendo no Alê e na Valéria, ele vinha me proteger!

E, não bastasse isso, hoje ainda fez o que fez.

Eu vinha da escola, imersa em mil pensamentos, quando o encontrei na esquina de casa. Abaixei a cabeça de vergonha e tentei passar por ele, mas o Deco me pegou pelo braço e disse:

— Cris, quero falar com você.

Sem levantar o rosto, tentei seguir, mas ele me agarrou mais forte. Protestei:

— Por favor, Deco, você está me machucando.

— Desculpe, Cris — disse, me soltando, pra em seguida acrescentar: — Eu queria te dizer que, apesar de tudo o que aconteceu, ainda gosto de você.

Ainda sem levantar o rosto, disse com a voz cheia de mágoa:

— Mesmo depois de tudo o que fiz pra você?

O Deco sorriu tristemente.

— Se quer saber, fiquei muito chateado. Senti a maior bronca de você. Mas, depois, deixei passar. Sabe por quê? Porque descobri que gosto de você, que te amo, pronto. O que posso fazer? Por isso mesmo...

Ele engasgou e pensei até que fosse chorar.

— ...por isso mesmo, eu...

Como não conseguisse dizer mais nada, repentinamente, pra minha surpresa, ele pegou minha mão e beijou-a.

— Não faz isso não, Deco! Eu não mereço você — disse, o sangue me subindo à cara e retirando a mão, como se tivesse sido picada por uma cobra.

Eu estava tão embaraçada, confusa, que deixei todo o meu material cair no chão.

— Pois se você quiser saber, Cris, eu te amo. Eu te amo mais que tudo o que existe no mundo. Não posso viver sem você!

Abaixei pra pegar minhas coisas. O Deco se ajoelhou e começou a me ajudar. Sem poder me conter, dei-lhe um beijo no rosto. Ele olhou pra mim e, tremendo todo, tentou me abraçar, enquanto dizia:

— Cris, Cris. Eu te adoro!

Depressa, me levantei e, diante de seu olhar espantado, saí correndo pela rua.

42
Menino ou menina?

Até que chegou o quinto mês de gravidez, e lá fui eu, toda ansiosa, fazer o exame de ultrassonografia. Estava ardendo de curiosidade em saber qual o sexo do bebê. Mamãe então nem se fala. Matou o trabalho só pra ir comigo à clínica.

Deitei na maca. A enfermeira passou gel em minha barriga, e a médica começou a mover o aparelho. Virei a cabeça e olhei pra telinha do vídeo a meu lado, onde algumas imagens já se formavam. Pra minha decepção, elas pareciam borradas, indistintas, e só consegui distinguir alguma coisa com a ajuda da doutora, que, apontando com uma caneta, ia explicando:

— Esta mancha aqui é a cabecinha do bebê. Observem que ele está com o dedinho enfiado na boca. Aqui é a coluna vertebral. Reparem como o coraçãozinho dele bate regularmente.

Só de ver o coração do bebê senti uma emoção tão grande!

— É menino ou menina? — mamãe perguntou cheia de ansiedade.

— Calma, calma. Por enquanto, não dá pra ver — disse a doutora, mudando a posição do aparelho. — Parece que ele não quer que a gente veja... Está com a perninha na frente...

Ela continuava a mover o aparelho pra cima, pra baixo, do lado, até que exclamou:

— Ah! Peguei!

— O que é? — mamãe perguntou, enquanto eu virava a cabeça o máximo que podia.

— É menina! — a doutora punha o dedo na parte baixa do ventre do bebê. — Olha o hamburguinho dela!

— Menina?! Ai, a minha netinha — e mamãe começou a soluçar. — A minha netinha!

Saí radiante da clínica. O bebê estava bem. E seria uma menina. A minha filha!

* * *

E, à noite, registro em meu diário esta emoção nova, diferente, única:

Quer coisa mais mágica, mais divina do que a gente saber que vai ter uma filha? Que a gente ver o bebê ainda dentro da barriga e chupando o dedinho? Carne da minha carne, batendo seu lindo coração junto ao meu. E meu sangue correndo nas veias dela!

Minha filha! Como te adoro!

Ah, quanta emoção sentirei, quando tiver você nos meus braços! Quando der de mamar a você! Quando eu for ler histórias pra você!

Como sou feliz!

Passo as mãos em minha barriga e sinto você me dar pontapés, como se estivesse querendo mostrar que está aqui, bem junto a mim.

Oh! Minha querida, farei de tudo pra você ser feliz como sou neste instante de plenitude, de muita alegria.

Meu amor, minha vida! Não posso deixar de pensar em você "piquinininha" e rosada em meus braços, depois você andando, depois já mais crescida, indo pra escola. E, por que não, já mocinha, saindo comigo?

E seremos muito amigas, não é? Tenho certeza. Já pensou? Nós duas, gatíssimas, dando um rolê no shopping, ela com quinze, eu com trinta e um? Porque, com trinta e um anos, ainda estarei com tudo em cima. As pessoas até pensarão que somos irmãs.

Meu amor, meu amor, meu amor.

Como te amo!

Meu amor, te amo mais que tudo na vida!

43
Um encontro desagradável

O bebê estava quase pra nascer, e eu tinha ido ao *shopping* com mamãe fazer as últimas compras. Como me sentisse um pouco cansada, ela disse:

— Vou até aquela loja lá embaixo, onde a gente viu aquele conjunto com uns patinhos. Você fica aqui me esperando, que já volto.

Mamãe desceu a escada rolante, e fiquei sentada tomando um suco. Fazia muito calor, me sentia um pouco tonta, e meus pés estavam inchados.

— Cris...

Levantei o rosto assustada. Era o Rodrigo!

— Posso me sentar?

Num primeiro momento, pensei em dizer não, mas preferi ficar calada. Ele então se sentou e perguntou:

— Quando vai ser?

— Agora em julho — respondi de má vontade.

Reparei que ele parecia estranhamente envelhecido, a pele sem brilho, os cabelos mais cheios de mechas brancas.

— Se precisar de alguma coisa... — ele disse, depois de um longo intervalo.

Não sei por quê, mas senti pena dele.

— Obrigada, mas não preciso de nada.

Sinceramente, embora o Rodrigo não merecesse, eu sentia mesmo pena dele. Ele deveria estar passando por um período terrível na vida. Rompido com a mulher, com o sogro e sem emprego.

Mas por que fui sentir pena dele? O Rodrigo acabou estragando tudo quando, depois de algum tempo, deu aquele sorriso malicioso que eu tanto odiava e disse, ameaçando se levantar:

— Tá bem, então... Mas, quando você recuperar o seu corpinho, dá uma ligadinha pra mim...

O sangue me subiu à cabeça, mas contei até dez, procurando me controlar. E, de um modo neutro e frio, segurando a emoção, disse uma coisa que inventei ali na hora:

— Na verdade, Rodrigo, se você quer saber, quem vai ligar pra você será meu advogado.

Ele tornou a sentar-se e me olhou assustado.

— Advogado? Advogado pra quê?

Eu não tinha advogado nenhum e não queria absolutamente nada dele, mas, vendo o quanto se assustara, resolvi levar adiante a farsa:

— Afinal, você ainda é o pai da criança, não? Se fingir ou teimar que não é, o advogado pode pedir um exame de DNA...

— Cris... — ele começou a falar.

— Por favor, me trate de Cristina. Afinal, não somos mais íntimos.

Ele me olhou com raiva, mas segurou-se e disse, procurando mostrar calma:

— Cristina, pra que essa de advogado? A gente pode acertar as coisas numa boa. Estou com algumas dificuldades, mas tudo se arranja, não é?

Estava me divertindo muito com o embaraço dele e ia dizer-lhe mais alguma coisa, mas infelizmente mamãe chegou.

— Mãe, este aqui é o seu Rodrigo. Conheci ele no escritório de papai.

— Ah, o senhor trabalha com o Evandro?

— *Trabalhava*, mamãe, *trabalhava* — corrigi, sublinhando bem o verbo.

Meio sem graça, eles trocaram algumas palavras. Por fim, mamãe disse, como se fosse se despedir:

— Então, o senhor nos dá...

Aí, não sei por quê, me deu a louca e repentinamente comecei a falar umas coisas malucas, sem refletir:

— Sabe, mãe, quando ele viu que eu estava esperando bebê, estranhou porque não sabia que eu era casada...

O Rodrigo ficou branco que nem cera. Continuei então a dizer aquelas coisas doidas, sem sentido:

— Quando você chegou, estava contando pra ele que o pai do bebê é um canalha. Que, depois do que fez comigo, mentindo pra mim, me enrolando...

— Cristina! — mamãe, parecendo aflita, e sem saber por que eu falava aquelas doidices, procurou me interromper.

Segui adiante:

— ...não merece mais ser o pai da criança. E, por isso mesmo, ele seria a última pessoa no mundo com quem me casaria.

E voltando-me pro Rodrigo, que estava com uma cara de quem parecia querer sumir por debaixo da mesa, perguntei:

— O senhor não concorda que, depois do que fez, o pai do bebê não passa de um safado, de um canalha, de um cafajeste?

O Rodrigo rilhou os dentes de raiva, mas procurou disfarçar e murmurou:

— É...

Mamãe me agarrou pela mão e me puxou, enquanto dizia toda sem graça:

— O senhor nos desculpe...

Começamos a andar em direção da escada rolante. Estava exultante! Era a glória! A minha vingança! Uma tola vingança, mas uma vingança.

Quando entramos no carro, mamãe me olhou bem no rosto e, em vez de me dar a bronca que esperava, apenas disse:

— É ele, não é?

— Ele quem?

— O pai do bebê, ora.

— Ué, como você adivinhou?

Mamãe ficou em silêncio por alguns segundos, pra depois dizer:

— Tem cara de canalha.

— Ah, você reparou nisso?

Ela balançou a cabeça confirmando:

— Muito bonito. Bonito mesmo, mas o que adianta isso, se tem cara de canalha?

Mamãe me abraçou forte e disse:

— Fez muito bem ficando sozinha. Afinal, pra que precisamos dele, se você tem tanta gente pra te ajudar, pra te dar apoio?

— Quem? — perguntei brincando.

— Eu, por exemplo...

— ...tem o papai também... — acrescentei.

— Sim, o seu pai... Afinal, ele tomou jeito...

— ...a Regina, o Saul...

— ...a Maria Alice — ela rebateu.

"E o Deco", pensei comigo mesma...

Eu me sentia feliz, feliz, como há muito tempo não me sentia!

Tinha meu bebê. Tinha papai e mamãe. Tinha minhas amigas, a Regina e a Kátia.

E tinha meu cavaleiro andante! Sempre do meu lado! Pro que desse e viesse!

44
Este amor veio mesmo pra ficar?

O bebê está pra nascer. O bercinho, pronto pra recebê-lo, com seus ursos fofos, um móbile de gatinhos e lindas almofadas em forma de coração. Sobre a cama, está minha mala, com tudo de que precisarei no hospital.

É certo que muita coisa ainda me assusta. De vez em quando, fico sem dormir, só pensando em tudo o que aconteceu comigo e em tudo o que acontecerá. Um filho! Ter um filho é mais do que decorar um quarto, comprar um belo enxoval. Será que serei capaz de criar minha pequena?

Fico muito assustada só de pensar nisso. Ai, apesar de não ver a hora de o bebê nascer, estou com tanto medo! Pelos exames, sei que ela vai nascer perfeita. Mas o problema não é esse. E depois? Será que terei forças pra enfrentar a barra? Mesmo que mamãe e papai ajudem, como já estão ajudando, eu é que tenho que assumir o bebê. Assumir mesmo! Terei que ser mãe só com dezesseis anos! Ah, isso me deixa assustada!

E mamãe, que não chega pra me levar pro hospital! Pra me distrair, abro o diário e escrevo as últimas palavras antes de o bebê nascer:

Minha Beatriz vai nascer.

Bia, Biazinha, Bibinha — invento tudo quanto é nome pra minha, minha querida Beatriz.

Só de saber que, amanhã, a terei em meus braços! Ah, que emoção! Que felicidade!

Volto as páginas do diário e confronto o que sinto agora com o que senti no passado. Por acaso, paro num trecho em que, movida pela paixão, escrevi o seguinte:

"Rodrigo, bendito o dia em que você entrou em minha vida. Você veio para ficar em minha alma, em meu coração.

E você quer saber mesmo?

ESTE AMOR VEIO PRA FICAR."

Risco a frase "ESTE AMOR VEIO PRA FICAR" e escrevo em seu lugar: "AQUELE AMOR VEIO PRA FICAR, SE FOI E NÃO VOLTOU JAMAIS".

Bato na madeira com a mão esquerda, toc-toc-toc, e penso no Deco.

Deco, meu querido, meu amor, ainda não mereço você. Mas, no dia em que acreditar que serei digna de tanto amor, de tanta devoção e paixão, em que achar que mereço o seu amor, humildemente irei até você e direi:

— Deco, mesmo que você não me queira, mesmo que não fique comigo, saiba que te amo. Que você é a pessoa mais digna, mais maravilhosa que existe na face da Terra!

E então, com a consciência tranquila, poderei escrever esta certeza em meu diário, sabendo que não vou errar:

ESTE AMOR VEIO PRA FICAR!

sinal aberto

Bate-papo com

Álvaro Cardoso Gomes

A seguir, conheça mais sobre a vida, a obra e as ideias do autor de Este amor veio pra ficar.

Reprodução

Uma vida dedicada aos livros

NOME: **Álvaro Cardoso Gomes**
NASCIMENTO: 28/3/1944
ONDE NASCEU: Batatais (SP)
ONDE MORA: São Sebastião (SP)
QUE LIVRO MARCOU SUA ADOLESCÊNCIA: *A Ilha do Tesouro*, de Robert Louis Stevenson.
MOTIVO PARA ESCREVER UM LIVRO: vários, entre eles, me distrair e viajar nas asas da fantasia.
MOTIVO PARA LER UM LIVRO: idem, ibidem.
PARA QUEM DARIA SINAL ABERTO: para os jovens delirantes, sonhadores, alegres, amorosos e de bem com a vida.
PARA QUEM FECHARIA O SINAL: para os chatos, os corruptos e os moralistas de plantão.

Ainda na infância Álvaro Cardoso Gomes manifestou **gosto pela escrita**. Mas foi na adolescência, vivida em Americana (SP), que descobriu que queria ser escritor.

Em meados da década de 1960 mudou-se para a capital paulista e ingressou na Faculdade de Letras da Universidade de São Paulo, onde foi professor titular de Literatura Portuguesa por trinta anos.

Em 1978 teve o seu primeiro livro publicado: *A teia de aranha*, pela editora Ática. Com o romance *O sonho da Terra*, de 1982, veio a primeira **consagração literária** ao ganhar o Prêmio Bienal Nestlé. Em 1986 estreou na literatura juvenil com o livro *A hora do amor*. O **grande sucesso** obtido o motivou a dedicar-se mais a esse público: cerca de trinta livros que escreveu são dirigidos aos jovens.

A seguir, Álvaro nos conta um pouco mais sobre sua vida e a **criação** de *Este amor veio pra ficar*.

Neste livro, você demonstra bastante sensibilidade ao entender o universo feminino, especialmente da adolescente. E o fato de o texto estar na primeira pessoa o torna ainda mais verossímil. De onde vem esse conhecimento da alma feminina?
O conhecimento da "alma feminina", no meu caso (e penso que na maioria dos escritores), provém de fontes diretas e indiretas. As fontes diretas referem-se às mulheres com quem convivi — minha mãe, irmãs, as filhas e, sobretudo, as mulheres que amei; já as fontes indiretas, aos livros que li (e também aos filmes e peças a que assisti) e que têm personagens femininas marcantes, como a Aurélia, de *Senhora*, a Capitu, de *Dom Casmurro*, a Emma Bovary, de *Madame Bovary*, a Ana Karenina, do romance de mesmo nome, por exemplo.

O tema do livro, o relacionamento amoroso entre uma adolescente de 15 anos e um homem maduro, é delicado e pode suscitar polêmica nos meios mais conservadores. O que o levou a escolher esse assunto?
Exatamente o fato de ser polêmico, pois acredito que um livro deve mexer em temas tabus, mesmo indo contra a corrente, ainda que suscite controvérsias em pessoas conservadoras, porque é desse modo que a realidade se modifica e as pessoas tomam posições perante a vida.

Diante da liberação sexual da mulher e da luta pela igualdade de direitos entre os sexos, o drama da sedução causando vítimas não pode parecer antiquado?
Sim e não — a realidade é muito mais complexa do que parece a um primeiro olhar. Se nossa sociedade parece tão liberal, por outro lado não deixa de ser machista e preconceituosa, muitas vezes criticando injustamente posturas assumidas por mulheres e jovens ou mesmo impondo valores retrógrados, baseados em códigos anacrônicos e fora da realidade.

Como você vê o ato de "ficar", tão comum entre os adolescentes?
De certo modo, o "ficar" me parece extremamente positivo, por permitir que o amor se torne uma brincadeira, uma espécie de jogo amoroso, sem o rigor de um comprometimento, como acontecia antigamente, em que, muitas vezes, o jovem acabava por estabelecer relações mal-amadurecidas, mal resolvidas. Mas também penso que o simples "ficar" pode cair num outro extremo, na negação daquilo que torna o amor um sentimento profundo, capaz de ligar

o homem e a mulher por meio de um comprometimento de alma, muito além das relações superficiais, que lembram aquelas que as pessoas costumam manter com os objetos de consumo.

Alguns personagens do seu livro lembram os de uma fábula, em que o bem e o mal aparecem distintos. Foi essa sua intenção, mostrar valores claros por meio da caracterização dos personagens?

Não vejo bem assim. Embora o Rodrigo seja uma personagem intrinsecamente sem caráter, não é propriamente uma pessoa má, como as personagens das fábulas e dos folhetins românticos. Do mesmo modo, a heroína do livro, embora demonstre ter caráter e amadureça muito no desenrolar da história, peca por ter mentido, por vaidade, por deixar de lado futilmente quem mais a ama. Penso que, na verdade, as minhas personagens são pessoas comuns, umas mostrando mais que as outras uma maior quebra de caráter ou melhores princípios.

A gravidez costuma gerar sérios conflitos familiares. No caso de Cris, os pais lhe deram imediato e total apoio. Houve aí a intenção de mostrar qual seria a atitude ideal dos pais numa situação como essa? E, colocando-se no lugar deles, como seria a sua reação?

Creio que a atitude mais correta é essa mesma. Embora a garota deva ser bem consciente dos problemas e riscos que uma gravidez precoce pode trazer, o fato de ficar grávida não deve constituir para os pais nenhuma tragédia. Como numa situação dessas, via de regra, os jovens costumam ficar traumatizados, mais do que nunca precisam ter o apoio irrestrito dos

Gravidez na adolescência

Cristina conta com o apoio irrestrito de seus pais para gestar e criar sua filha. No entanto, em situações semelhantes, não é isso o que temos como realidade dominante em nosso país. O número de adolescentes grávidas é imenso, o de abortos é crescente, e as famílias que dão total apoio às futuras mamães, como a de Cris, não são tão comuns. De acordo com os dados do Registro Civil, 19,9% das crianças brasileiras que nasceram em 2004 originaram-se de mães adolescentes. Os jovens devem ter em mente que um filho inesperado pode trazer sérias consequências em suas vidas, de seus filhos que nascerão e de suas famílias.

pais. É como penso e é como faria numa circunstância igual a essa.

Para você o que é escrever para os jovens?

Procurar dialogar com uma faixa etária tão distante de mim para que ainda possa ver o mundo com outros olhos, recuperando, por meio da escrita, aspectos da minha própria juventude. É uma tarefa complexa, porque implica encontrar não só uma linguagem adequada, que seja verossímil, como também reconstruir um universo que não é mais o meu e que só a mim me pertence nas relações que mantenho com alguns poucos jovens e com meus filhos pequenos e adolescentes.

Ao escrever este livro, você procurou despertar algo em especial nos jovens? O que você espera que permaneça após a sua leitura?

Sempre digo que a primeira coisa que pretendo com um livro é prender o jovem à história que inventei, fazer com que ele navegue no espaço do meu imaginário. No caso de *Este amor veio pra ficar*, quis que o leitor se entregasse ao fluxo da narrativa e embarcasse numa história de amor, para que, de certo modo, pudesse refletir sobre a importância dessa palavra tão desgastada, que é o amor.

Além de escritor, você é professor de Literatura. Quando e como você descobriu essa vocação para as letras?

Descobri essa vocação, se é que podemos falar em vocação, muito cedo, quando mal aprendi a ler, aos sete anos de idade (em minha época, começava-se tarde a aprender a ler). Depois disso, me encantei de tal maneira com os livros que comecei a sonhar em ser escritor. Já na adolescência, me pus a escrever contos e crônicas e descobri que a vocação, o talento só podiam ir adiante com esforço, com trabalho, com leituras. Acabei me transformando em professor mais por acaso, talvez porque, nessa carreira, desconfiasse que poderia, um dia, trabalhar quase exclusivamente com literatura, como realmente acabou acontecendo.

Obras do autor

PELA EDITORA ÁTICA

Por mares há muito navegados (2002)
Memórias de um jovem padre (2003)
De mãos atadas (2004)
A prima de um amigo meu (2006)
Auto do busão do inferno (2007)
No alto da serra (2010)

POR OUTRAS EDITORAS

A hora do amor (1986)
A grande decisão (1987)
A hora da luta (1988)
Amor & cuba-libre (1989)
Amor de verão (1992)
O diário de Lúcia Helena (1992)
A casa do terror (1993)
Ladrões de tênis (1993)
Para tão longo amor (1994)
Circe (1995)
Fase terminal (1995)
O número 1 (1995)
Sonata ao luar (1995)
Marta & William (1996)
A história final (1997)
Muito além das estrelas (1997)
No tempo dos dinossauros (1997)
Perigos na noite escura (1997)

O mistério do Chupa-Cabras (1998)
Brasil: a descoberta (1999)
Meu filho, o extraterrestre (1999)
A vida por um fio (2000)
Aprendendo a crescer (2001)
Ladrões de almas (2001)
Invasores do espaço sideral (2003)
Viver tem dessas coisas, mano (2004)
A colina sagrada (parceria com Milton M. Azevedo) (2006)
O poeta que fingia (2010)